Du monde entier

MANUEL JABOIS

MISS MARS

roman

Traduit de l'espagnol
par Charlotte Lemoine

nrf

GALLIMARD

La traduction de cette œuvre a bénéficié
d'une aide du ministère de la Culture d'Espagne
avec la Direction générale du livre,
de la bande dessinée et de la lecture.

Titre original :

MISS MARTE

À Gabriela

À l’origine du monde, seules les graines étaient volontaires.

XACOBE CASAS

1

Dieu

On avait dit de la mariée qu'elle était apparue en blanc le jour de son mariage, « habillée comme quelqu'un appartenant à une secte », et aussi qu'elle avait passé la matinée qui précédait à arroser les plantes de la cour jusqu'à les noyer. Ce dernier point n'avait pas été rapporté par un ou deux invités, mais par un certain nombre d'entre eux, et ils l'avaient tellement répété au fil des ans que personne ne doutait plus de sa véracité. Pas même le maître des lieux, qui n'avait jamais eu la moindre plante de sa vie.

On avait aussi dit que le jeune homme ayant pris la parole pendant la cérémonie était un de ses amis proches, quelqu'un avec qui elle avait été à l'école, et que lorsque la fête avait tourné court, avec le soleil qui se levait et les jardins envahis de voitures de police, le marié l'avait questionnée au sujet de cet ami et qu'elle avait répondu, en fixant la mer comme une somnambule, qu'elle ne le connaissait absolument pas, mais que le smoking blanc dans lequel elle s'était mariée était à lui. Et ça, on a eu la confirmation que c'était vrai.

Tout comme il était vrai que les parents de la mariée

n'avaient pas assisté à la noce, non qu'ils aient désapprouvé cette relation, mais parce qu'ils n'avaient pas eu de ses nouvelles depuis qu'elle avait fêté ses seize ans – un âge dont le curé avait dit, assis sur l'une des chaises du banquet pendant qu'on prenait sa déposition, que c'était « à peu près » celui du diable, puisqu'à l'en croire le démon était « un adolescent ». Cette remarque devait perturber l'agent au point qu'il lui aurait demandé s'il disait cela en pensant aux tentations.

On avait raconté, au sujet de la mariée, que tout s'écroulait tôt ou tard à son contact, et parfois juste parce qu'elle était dans les parages. Pour le coup c'était faux, mais après le mariage tout le monde s'était senti autorisé à y aller de sa propre version des faits – presque toujours sur un mode très fantaisiste, peut-être parce que le plus court chemin pour oublier une histoire effroyable est d'en faire un conte pour enfants.

L'une des invitées était allée jusqu'à dire que la fille de la mariée n'était pas réellement sa fille, une énormité telle que même les plus acharnés n'avaient pu surenchérir, notamment parce que l'enfant était le portrait craché de sa mère, dont elle tenait une bonne partie de ses mimiques, à commencer par son air fier, et jusqu'aux trois grains de beauté presque invisibles de part et d'autre de la bouche ainsi que sur le bout du nez. Ils formaient une croix imperceptible qu'elle devait vous faire remarquer pour que vous parveniez à la distinguer, si bien que son secret le plus intime se trouvait au beau milieu de sa figure.

La mariée était grande, brune et avait un visage vaguement beau, vaguement attrayant et vaguement intéressant ; le visage d'une femme toujours à deux doigts de réussir son coup. Ce coup, elle l'avait une fois de plus raté cette nuit-là, au point qu'en pleine soirée elle avait confié à une amie que si elle avait dû faire un vœu, cela n'aurait pas concerné la santé, l'amour ou l'argent ; elle aurait plutôt demandé à disparaître ou alors que le temps s'arrête et les fige tous en cet instant précis, devant les flammes. Quelques minutes à peine après avoir dit cela, alors que toutes deux sortaient pieds nus de la salle de bains, leur étaient parvenus du fin fond de la maison les cris en galicien d'un homme grand et barbu : « *A nena non está*, la petite n'est plus là. » Elle se souvenait, elle, la mariée, qu'elle était restée paralysée devant cet homme au nœud papillon défait, un pan de la chemise sorti, hurlant comme une sirène du port, d'un ton qui, tout en donnant l'alerte, parvenait d'une certaine manière à apaiser les esprits, comme si la petite fille avait été en train de gambader entre les jambes des invités. C'est la première chose qui lui était passée par la tête, mais aussi la première qu'elle avait dite à la police : que cet homme semblait né pour annoncer les disparitions d'enfants, qu'il aurait tout intérêt à se spécialiser là-dedans et qu'il aurait même pu monter une boîte d'événementiel qui formerait quatre ou cinq invités dans son genre, des corps aux larges poumons et à la barbe fournie, en les coachant sur la conduite à tenir en cas de disparitions de gamins.

Un des agents qui s'étaient présentés sur place, deux heures plus tard, avait été « conseiller municipal dans sa jeunesse », une formule reprise avec un profond respect par le père du marié. Il s'agissait d'un homme roux qui, tandis que son collègue recueillait les dépositions, avait inspecté la maison d'un air sombre en prenant des notes sommaires. C'était lui qui s'était enquis du nom des jeunes époux, comme si cette fonction lui était dévolue en mémoire du bon vieux temps, et il s'était crispé lorsque la mariée s'était montrée incapable de se rappeler le sien. Mais le fait est qu'elle ne se souvenait pas de son nom, et elle ne se le rappellerait plus qu'en de rares occasions à compter de ce jour-là, en tout cas certainement pas au moment de sa mort, quand elle ne se souviendrait pas plus de sa date de naissance que de son nom, seulement de celui de sa fille, Yulia, et du jour où elle l'avait eue, « une journée extrêmement ensoleillée, toutes les fenêtres et les portes des maisons du village étaient grandes ouvertes, et on entendait des cris d'enfants venant de la rivière ».

— Elle s'appelle Mai Lavinia, avait dit le marié. Et moi, Santiago Galvache.

Au bout de deux semaines, un journaliste avait publié dans la presse locale un article pleine page qui reprenait certaines déclarations de la mariée, les seules en réalité qu'elle allait livrer sur l'affaire, suppliant la police de s'assurer que Yulia allait bien, et il avait raconté qu'elle avait remis aux agents une note avec des indications sur ce qu'elle aimait le plus dans la vie (la mer) et le moins (le poisson) afin qu'ils puissent la transmettre à la ou aux personnes qui détenaient l'enfant, car il ne lui était à aucun moment venu à l'esprit qu'il puisse s'agir d'un crime autre qu'un enlèvement. Cela en disait long sur la délicate et belle façon dont Mai avait abordé le monde et s'y était intégrée, sans même soupçonner l'existence du mal, et encore moins le concevoir ou en faire l'expérience de la manière absolue dont elle allait devoir d'abord le concevoir et ensuite en faire l'expérience.

À l'arrivée des enquêteurs, il avait fallu retracer encore et encore le déroulé exact de ce qu'on avait fait ce jour-là avec la fillette. Santiago avait expliqué toutes ces petites choses dont il se chargeait au cours de l'été – l'accompagner aux toilettes dès le réveil, lui apporter son chocolat en poudre ColaCao en lui mettant des dessins animés à la télé, puis lui enlever son pyjama pour l'habiller, non sans l'avoir assistée au préalable dans ce rituel immuable : elle se lavait les dents et la figure, jusqu'à ce que ça mousse, après quoi elle se plaquait contre le mur pour se mesurer, jour après jour pendant tout l'été, et Santiago traçait une petite marque au-dessus de sa tête avant de reporter la taille dans un carnet dont la couverture était « affreuse », comme devait le préciser mon meilleur ami de l'époque, Martín Novás, qui ce jour-là avait choisi de se concentrer sur l'essentiel. Vers onze heures, la mère se réveillait et elles partaient toutes les deux faire un tour à la plage de Barrosa de Xaxebe, sur la Costa da Morte. Le jour du mariage n'avait guère été différent des autres : elles avaient passé la fin de matinée et une partie de l'après-midi ensemble, s'étaient baignées au bord de l'eau, puis elles étaient rentrées pour s'habiller, et Yulia, avant de rejoindre les autres enfants pour porter les *arras*, ces pièces de monnaie que les futurs mariés ont coutume de remettre à leur femme, avait souhaité « bonne chance » à sa maman. Ce jour-là, le 3 juin 1994, elle fêtait ses trois ans.

J'ai conservé les journaux de l'époque. Et les gens gardent bien en mémoire tous les détails, inventés et réels, car ce fut le dernier mariage religieux célébré au village. Depuis lors, Dieu a continué à assister aux baptêmes et aux enterrements, mais Il n'a plus rien voulu savoir de l'amour.

2

Mai

Vingt-cinq ans après la disparition de Yulia Lavinia, un documentaire a été tourné sur elle, mais il s'est finalement transformé en documentaire sur la vie et le mariage de Mai Lavinia, sa mère. Dans le coin, Mai était devenue une très étrange icône underground et elle avait même fait l'objet d'une sorte de biopic à tout petit budget que le réalisateur devait confier n'avoir pu regarder jusqu'au bout, ce que les gens avaient mis sur le compte de l'émotion. Tout était fait pour satisfaire les attentes d'un public dévot envoûté par le personnage ; jusqu'alors, l'épisode n'avait jamais été abordé par quelqu'un qui ne se souciait pas du public, ni du personnage d'ailleurs, allant jusqu'à refuser d'enquêter, ou même de faire semblant, sur la disparition de Yulia Lavinia.

La réalisatrice du documentaire en question était une jeune femme du nom de Berta Soneira ayant déjà publié deux livres, dont un de non-fiction devenu un best-seller traduit en douze langues et qui portait sur Martin Albert Verfondern, un Hollandais parti vivre dans une bourgade galicienne « isolée et délabrée », où il avait fini assassiné par ses rares voisins et anciens amis. « Isolée et délabrée », c'était la formule employée dans *El País* par Silvia R. Pontevedra, cette même journaliste qui, la veille de l'arrivée de Soneira à Xaxebe, m'avait téléphoné pour me proposer d'être l'assistant personnel de la réalisatrice durant le tournage du documentaire sur Yulia et Mai Lavinia, ce qui consistait à prendre note de tout ce qu'elle dirait ou ferait.

Soneira est arrivée à Xaxebe le même jour que moi, le 21 février, dans une voiture dont le clignotant gauche était cassé. « J'ai le bras congelé », a-t-elle lancé. Elle s'est garée devant la mairie avant de sortir avec son écharpe colorée et son manteau de coton beige, souriante mais pas trop, avenante et prêtant attention à tout ce qu'elle voyait, avec la curiosité scientifique d'une exploratrice. Un agent de police l'a interpellée : « Excusez-moi, votre véhicule est mal garé. — Laissez-lui un peu le temps », a-t-elle rétorqué. Puis elle a monté quatre à quatre les marches de l'hôtel de ville, les balayant de son manteau comme si c'était une traîne de mariée, et elle s'est présentée devant le maire, qui semblait encore plus pressé qu'elle :

— Écoutez, l'a reçue Francisco Girón y Girón en rassemblant des papiers sur son bureau, je ne voudrais pas qu'à force de ressasser cette histoire mon village devienne un nouveau Puerto Hurraco, vous savez, là où il y a eu le massacre.

— Ne vous inquiétez pas, ce sera plutôt dans le genre *Eichmann à Jérusalem*.

— Dans ce cas expliquez-moi, a repris le maire, l'air de dire « voilà qui est beaucoup mieux », quel est votre objectif ?

— J'ai zéro objectif. J'en ai assez comme ça avec le nombre de mots à écrire et de kilos à perdre que je me fixe tous les jours, si vous voyez ce que je veux dire.

— Je ne vois pas, non.
— Je veux dire que j'écris peu et que je grossis beaucoup.
— Personnellement, je vous trouve très bien.
— Refrénez vos ardeurs.
Le maire ouvrait des yeux ronds. Berta Soneira produisait toujours une première impression désastreuse. Mais sa façon de parler se révélait si fascinante que tout ce qu'on voulait, c'était passer à la seconde impression, comme si se faire resservir une part de gâteau empoisonné avait pu nous faire du bien.
— Le fils Galvache, comme je vous l'ai dit dans mon courrier, ne met pour ainsi dire plus les pieds au village. Néanmoins, il sera là au printemps pour l'anniversaire du père. Pepe a soixante-quinze ans, mais chaque année il en fait une de moins. Il est solide comme un roc et il a une vraie mémoire de salopard. Il habite toujours la même maison, n'importe qui pourra vous indiquer la route.
— Cette maison, c'est Punta Faxilda ?
— Oui, c'est la maison où a eu lieu le mariage. Une maison peuplée de gens beaux et malheureux. Au fait, dites-moi, qu'est-ce que vous comptez faire de tout ça ?
— Je vais parler aux uns et aux autres pour qu'ils me disent ce qu'ils ont fait le 3 juin il y a vingt-cinq ans, les jours qui ont précédé et ceux qui ont suivi.
— Ils vont beaucoup vous parler et vous en dire peu.
— Et vous, alors ?
— J'y étais, au mariage, mais bon, comme beaucoup de monde, a-t-il répondu en tendant une petite carte avec son numéro. J'ai béni le Ciel que les Galvache soient catholiques, parce que rien qu'à l'idée de devoir célébrer ce mariage, j'avais déjà la migraine. Ça faisait un an que j'étais maire. Tout cela n'a eu ni queue ni tête. Cette

relation n'avait ni queue ni tête, il ne pouvait en être autrement pour le mariage et pour ce qui a suivi. Et y a-t-il quoi que ce soit qui puisse marcher sans queue ni tête ?

— Non, rien. Regardez les limaces, tout ce qu'on peut en faire, c'est les écraser.

— Bon, bon – le maire a paru trouver la comparaison un peu outrancière.

— Le truc, a poursuivi Soneira, c'est qu'un mariage se fait quand tout marche bien. Tout à coup, tout marche tellement bien qu'on se marie.

— En théorie !

— Il y a des exceptions, mais avant de m'arrêter ici, je suis passée en voiture du côté de Punta Faxilda et là-bas, une chose est sûre, on ne se marie pas par obligation. J'irais bien jusqu'à dire que c'est le genre d'endroit où on ne peut pas se marier si on n'est pas amoureux mais ça, c'est de la foutaise.

— L'amour, pour vous l'amour c'est de la foutaise ?

Le maire a soudain semblé dans tous ses états, donnant l'impression qu'il allait falloir se mettre à plusieurs pour le retenir.

Soneira lui a précisé qu'elle faisait en réalité référence à la niaiserie qu'elle venait d'exprimer, et non à l'amour. « L'amour n'a rien d'une foutaise, je vous rassure. »

Francisco Girón y Girón appartenait au parti conservateur et avait bonne réputation parmi les habitants, chose peu commune dans ces villages où la plupart ont l'habitude de voter pour emmerder untel ou untel. C'était un homme dynamique pour qui gérer une municipalité relevait de l'exercice physique, raison pour laquelle il courait les événements de la vie sociale locale, et en particulier les enterrements ; son secrétaire inscrivait dans l'agenda les décès des uns et des autres ainsi que les veillées mortuaires correspondantes, car Girón y Girón était davantage un animal politique de chambre funéraire que d'église. « Lorsque le corps est présent, c'est plus animé ; quand on a quelqu'un en face de soi, même s'il s'agit d'un mort, on ne peut pas s'empêcher de penser qu'il va peut-être se mettre à cligner des yeux d'un instant à l'autre, a-t-il eu l'occasion de me dire. On cligne des yeux deux mille fois par jour », a-t-il poursuivi sans rien ajouter d'autre, m'invitant sans doute à le vérifier par moi-même.

Grand et morne, Girón avait en lui une certaine causticité amère. Cela faisait si longtemps qu'il était en place qu'il pouvait deviner le nombre de conseillers municipaux qui lui seraient alloués en fonction de celui des personnes décédées au cours de son précédent mandat. Un jour, la porte-parole de l'opposition avait lancé pour plaisanter qu'elle projetait de se former en médecine palliative ; Girón, avec une ironie toute churchillienne, l'y avait très sérieusement encouragée.

Il était le fils du précédent maire, Máximo Girón y Girón, un conservateur qui avait dû lui aussi son succès à une impeccable maîtrise des veillées funèbres, au cours desquelles il présentait ses condoléances mieux que Dieu Lui-même : tous deux parvenaient à vous apporter du réconfort, mais Girón au moins n'emmenait personne avec lui. « Les Girón sont maires de Xaxebe depuis la mort du premier habitant » était une expression proverbiale au village. Mais jusqu'alors jamais leur lignée n'avait été confrontée à un événement aussi traumatisant que la disparition de Yulia Lavinia. D'autant qu'il n'y avait eu, maintenant que j'y pense, ni corps, ni enterrement, ni quoi que ce soit.

— Certains vous diront du mal de Mai, a-t-il prévenu.

Quand vous venez de l'extérieur, on vous renvoie toujours bêtement au fait que vous n'êtes pas d'ici. On ne savait rien de ses parents, ni de là d'où elle venait, et ce genre de chose, ça dérange. Je ne parle pas pour moi, vu que je suis un citoyen du monde et que je suis déjà allé jusqu'à Betanzos – il a esquissé un fin sourire –, mais les familles du coin, ça les dérange. Dans les villages, les familles sont une sorte de caution, vous savez vers qui vous tourner en cas de problème avec untel ou untel, ou à qui demander des comptes.

— Mai n'avait pas de parents ?

— On racontait tellement de choses ! – Girón a haussé les épaules –. Des parents, elle en avait, je crois que là-dessus, il ne peut pas y avoir de doute, n'est-ce pas ? Mais qui ils étaient et où ils se trouvaient, ça je serais bien incapable de vous le dire.

— Demain, je commence les entretiens, j'en ai fixé plusieurs par téléphone ces dernières semaines, mais pas le vôtre, a dit Soneira. Est-ce que je pourrais vous appeler pour voir ça directement avec vous ?

Le maire Girón a répondu « bien évidemment », comme s'il n'avait rien d'autre à faire dans la vie, et s'est dirigé dans la foulée vers la porte. Nous avons pris congé de lui sur la place de la mairie, où l'agent de police montait la garde devant la voiture de Soneira pour la verbaliser. « Vous n'allez mettre d'amende à personne », a dit le maire en passant devant lui en coup de vent. Berta Soneira a rabattu la capuche de son manteau sur sa tête. Il faisait froid et cette sorte de brume nimbant tout village d'une aura prophétique l'espace de quelques heures s'était installée.

Nous nous sommes éloignés en marchant le long des vieilles rues de la partie historique de Xaxebe, des rues de marins, jusqu'à atteindre un petit bar qui s'appelait le Ranchito. Soneira s'est retournée pour s'assurer que j'étais encore là et a lâché d'une voix trop forte à mon goût :

— Tu as une tête d'extraterrestre !

— Pourquoi ?

— Ta mâchoire et ton front, ils ont l'air hyper rapprochés, à la E.T. Mais tu es beau, hein. À ta manière, comme les vrais beaux.

Déconcerté, j'ai tenté d'apercevoir mon reflet n'importe où dans le bar. Je dirais que je ne me regarde pas plus d'une fois tous les quinze jours dans le miroir, ce qui aurait pu expliquer qu'un mouvement tectonique de mon front survenu au cours des derniers mois m'ait échappé.

— Deux bières, a commandé Berta Soneira sans me consulter, avant de m'adresser un clin d'œil. C'est une boisson typique de la planète Terre, tu m'en diras des nouvelles.

Cela faisait des mois que je n'étais pas revenu à Xaxebe. Le village avait perdu tout intérêt à mes yeux à la mort de ma mère, puisque je n'y avais plus ni parents ni grands-parents à qui rendre visite. Je n'y conservais pas davantage d'amis, en tout cas pas de ceux méritant le déplacement, et je m'étais bâti une existence ennuyeuse, discrète et lente à Pontevedra, où je me consacrais à ce que je savais faire de mieux, le journalisme local. Le coup de téléphone visant à me proposer d'être l'assistant de Berta Soneira ne m'avait qu'à moitié surpris : elle venait tourner dans la région un documentaire sur la disparition de Yulia, et il se trouvait que j'avais été un ami proche de sa mère, Mai, et que j'étais désormais journaliste. J'allais pouvoir lui être utile d'une manière ou d'une autre, même si je ne savais pas très bien comment jusqu'à ce qu'elle prononce, d'une moue blasée, le mot *fixer*.

Elle a commandé une autre bière et a expliqué, « même si j'imagine que je ne t'apprends rien », ce qu'était un *fixer* : quelqu'un qui connaît bien le terrain et le prépare pour le journaliste venant de l'extérieur, qui fournit des renseignements sur les personnes interviewées, qui facilite les choses sur place. Ce serait pas mal aussi, a-t-elle ajouté, que je prenne des notes : « Il y a des gens qui pensent qu'écrire, c'est juste écrire, mais en fait écrire, c'est retenir. Taper sur un clavier, c'est un truc de cons, mais de toute façon, pour toutes les activités honorables, et là, on parle bien de ça, c'est la partie la plus débile du boulot qui te fait gagner de l'argent », a-t-elle déclaré.

Elle n'avait pas enlevé son manteau, bien que le bar soit chauffé, parce qu'elle disait avoir froid. « Je dors toujours avec un gros gilet en laine, quelle que soit ma chambre ou la personne à côté de moi. » Nous avons passé huit heures d'affilée ensemble, jusqu'à ce qu'on nous mette à la porte, pour autant que je m'en souvienne. Elle était habillée avec une certaine négligence et avait un comportement singulier, faisant alterner des moments d'extraordinaire logorrhée, en mangeant ses mots – elle expliquait parler ainsi pour que son interlocuteur lui prête la plus grande attention –, avec d'autres, qui pouvaient facilement durer une heure, au cours desquels elle ne relevait pas le nez de son téléphone portable, cliquant avec frénésie sur des articles d'un intérêt nul ou douteux sans rien en dire. Elle avait supprimé WhatsApp et ne conservait qu'un compte inactif sur Facebook.

— Je suis sur Facebook uniquement pour voir comment vieillissent ceux qui étaient à l'école avec moi. Rien de plus. Si ça ne tenait qu'à moi, on devrait se remettre à communiquer en se balançant des cailloux dans la tronche. Un pour que tu te pointes, deux parce que ce n'est plus la peine, a-t-elle dit.

À aucun moment elle n'a parlé de drogue, même si toutes sortes d'histoires circulaient à son sujet, et les seules confidences personnelles auxquelles elle a consenti étaient si extravagantes qu'elles ne pouvaient qu'être vraies.

Cela faisait des mois, peut-être même des années, que je ne buvais plus ; elle, en revanche, on voyait qu'elle avait l'habitude, bien qu'elle s'en défende : « Je ne bois comme ça que quand je dois faire la connaissance de quelqu'un, c'est la meilleure façon de bien s'entendre dès le départ. » On a beaucoup ri ensemble tout en grignotant des *kikos*, ces grains de maïs grillés, tandis que la pluie tombait dehors. Elle a cassé deux petites bouteilles de bière et, à un moment donné, elle est même tombée de son siège en essayant de me montrer les chaussettes Dash Kappei qu'elle s'était achetées sur la route, à Puebla de Sanabria. Je l'ai bien observée. Il y avait en elle, par-delà un goût du divertissement cosmique, quelque chose de fascinant, une fragilité, un désarroi, une peur terrible. Je n'aurais pas su dire exactement ce que c'était jusqu'à ce qu'elle l'explique d'elle-même. Elle avait de la peine pour les grands gaillards humiliés, les petits malins qui écrasaient les autres en permanence jusqu'au jour où on leur rabattait le caquet, ceux qui se la racontaient avant de se faire botter le cul, les beaux gosses fatigués de choper qui se faisaient rafler la fille qui leur plaisait le plus par un moche.

— C'est vraiment bizarre d'être triste à cause de ce genre de chose, a-t-elle dit, parce que, en fait, tout ça devrait plutôt me faire plaisir. Il y a un truc psychologique là-dedans, c'est clair. Et aussi des préjugés ! Ce n'est sans doute pas le bon exemple, mais c'est celui qui me vient juste à l'esprit.

Tu vois *Barton Fink* ? Le film des frères Coen. Il y a un passage où John Turturro appelle la réception parce que le type de la chambre d'à côté fait un bruit dingue. Et ce client, après avoir été à son tour appelé, eh bien il sort de sa chambre, va jusqu'à celle de Turturro, et quand Turturro ouvre, mort de trouille, il se retrouve nez à nez avec le grand et gros John Goodman, qui lui demande si c'est bien lui qui s'est plaint. Et au moment où on a l'impression qu'il va lui mettre une raclée, voilà que ce grand gaillard de Goodman lui demande pardon. C'est typiquement le genre de personnes que j'aime. Celles qui au bout du compte ne se montrent pas injustes.

D'une certaine manière, je devinais que Berta Soneira, cette fille à moitié dans la lune et myope, tout à la fois drôle et emportée, était une incarnation de sa propre théorie ; une de ces filles qui ont tout sauf ce qui compte vraiment, et c'est à partir de cette vulnérabilité qu'elle s'était construite, non pas dans l'arrogance, même si elle aurait pu, mais dans la tendresse.

Je l'ai laissée devant son hôtel après un petit tour ensemble à l'abri de mon parapluie. Elle m'a demandé si au village on pensait encore beaucoup à Mai et Yulia Lavinia. Je lui ai répondu que oui, même si je n'en étais pas certain. Mais quand une affaire de ce genre ne laisse entrevoir ni piste ni coupable et que l'attention publique retombe aussi rapidement, elle continue à habiter les gens de l'intérieur comme un ver solitaire, dévorant tout.

Soneira m'a dit au revoir en m'embrassant sur le coin de la bouche, hissée sur la pointe des pieds, et elle est rentrée dans l'hôtel en s'efforçant dans un premier temps de se tenir droite, puis juste debout, par n'importe quel moyen. Je suis resté à la porte jusqu'à ce qu'elle prenne l'ascenseur, et c'est là que j'ai enfin vu mon reflet. Fidèle à moi-même, mais avec un peu moins de cheveux et déjà trop vieux, surtout pour ce village où, depuis notre naissance jusqu'au jour où nous l'avions quitté, c'est comme si nous avions toujours eu dix-neuf ans.

On soupçonne systématiquement les gens sans passé d'en avoir un terrible qui conditionne leur présent. Si en 1993 on ne savait rien de l'histoire de Mai Lavinia jusqu'au moment où elle était apparue dans le village – et ce n'est pas elle qui avait aidé à y voir plus clair dans le mystère de ses origines en servant d'amusants mensonges chaque fois qu'on la questionnait sur le sujet –, cela signifiait qu'elle avait quelque chose de monstrueux à cacher. On appliquait par défaut à Mai une morale consensuelle selon laquelle celui qui dissimule est coupable, à moins qu'il ne s'agisse de la personne qu'il couvre à cette occasion. C'est cette profonde méconnaissance de Mai mais également de la morale en général, et d'une morale en particulier, qui m'a poussé à accepter de travailler avec Berta Soneira sans savoir qu'elle aussi, à sa manière, suivait la même logique.

Soneira n'a pas eu de l'affaire une approche émotionnelle mais intellectuelle, au point qu'elle en paraissait par instants très froide, de ce type de froideur qui passe souvent pour du mépris mais qui n'est au fond rien d'autre qu'une forme sophistiquée de respect. Elle n'a pas farci Mai Lavinia d'adjectifs et de sentiments, s'efforçant plutôt d'en dresser un portrait distancié ; elle n'a pas davantage disséqué la noce comme cela avait été le cas des précédents reportages racoleurs, donnant libre cours à toutes les versions afin que le spectateur puisse choisir la sienne comme dans un jeu-concours, suivant cette tendance un peu facile et paresseuse du journalisme moderne. Son parti pris a été de reconstituer la cérémonie et la soirée minute par minute autant qu'elle a pu, démêlant autant que possible les faits avérés des contre-vérités, et en faisant bien son travail elle a réussi à se rapprocher de la disparition de Yulia Lavinia autant qu'elle a pu, et ce, davantage que ne l'avaient fait les enquêteurs. Elle a aussi levé le voile sur la vérité, mais pas autant qu'elle aurait pu parce que, au cours des derniers jours du tournage, elle a découvert une réalité terriblement triste, à savoir que même quelque chose d'aussi sacré en soi que la vérité peut le rester ou non en fonction de ce qu'on en fait, et que le choix de la révéler ou de la taire peut la transformer en quelque chose de différent, donc susceptible d'être manipulé, déformé, et ce qui est plus insolite encore, la convertir en mensonge. De sorte que ce qui est une vérité à midi peut se révéler être un mensonge à vingt heures si, d'une part, elle est passée sous silence, et si, de l'autre, le monde dans lequel elle a été énoncée a changé.

Mai Lavinia, par exemple, a gardé sa vérité pour elle seule comme si elle pouvait de cette manière remplacer la fille qu'elle avait perdue; cela lui faisait quelque chose à protéger, à nourrir et à voir grandir. Elle est devenue folle, bien sûr. Elle s'est recluse à Punta Faxilda avec une famille qui n'était pas la sienne, pleurant une enfant qui n'était pas la leur. Je lui ai rendu visite à plusieurs reprises avant d'arrêter lorsque je me suis rendu compte que j'étais en passe de devenir le seul public d'une déchéance mentale hypnotique, un spectacle dégradant dans lequel, à mesure qu'elle se décomposait en morceaux de plus en plus petits, je pouvais percevoir plus clairement les dimensions du puzzle, et à quel point il avait été difficile pour elle de réunir toutes ces pièces depuis l'enfance pour en tirer quelque chose qui ressemblait à une personne. Sensible comme un plan d'eau réagissant au moindre souffle, drôle et forte comme on n'a pas idée pour garder assemblés ces mille morceaux sur lesquels elle tenait en équilibre. Le fait d'avoir été forte avant le mariage, alors qu'elle aurait dû être « morte de trouille », l'avait d'ailleurs rendue suspecte, et cette même force avait expliqué qu'on l'abandonne à son sort après la disparition de sa fille, une vertu se retrouvant ainsi transformée en péché.

Un an et trois mois après la disparition de Yulia, par un matin de septembre 1995, Mai s'était levée en chantonnant « Lola », des Kinks : « *Well, I'm not the world's most physical guy / But when she squeezed me tight she nearly broke my spine* » ; Lola, l'employée de maison de Punta Faxilda, l'avait entendue et, ne comprenant rien aux paroles à l'exception du refrain, lui avait souri : « On dirait que tu t'es réveillée de bonne humeur, aujourd'hui. » Elle avait raconté que lorsqu'elle était passée devant la porte de sa chambre, elle avait vu Mai avec une robe imprimée qui laissait voir ses jambes enflées par le manque prolongé d'activité, et qu'en les observant, elle avait enfilé en dessous le jean préféré de Santi ; elle était restée une heure sous la douche sans cesser de fredonner : « *I met her in a club down in old Soho / Where you drink champagne and it tastes just like Coca Cola* », puis elle s'était pomponnée de façon frénétique et outrancière, « comme se maquillent les folles », devait préciser Lola dans le documentaire. Elle avait fait son lit (« en laissant un coin replié, avec le drap rabattu sur le dessus, comme elle l'avait toujours fait pour la petite fille de sorte qu'elle n'ait plus qu'à s'y glisser ») et elle s'était mis du parfum dans le cou, sur les poignets et le décolleté. Il faisait chaud sur la Costa da Morte. Elle n'avait adressé la parole à personne, pas même à son mari qu'elle avait croisé dans le couloir (« Je vais à la pêche pour la journée », lui avait-il dit, pour sa part, en l'embrassant dans le cou, « qu'est-ce que tu sens bon ! »), mais personne n'y avait prêté attention, car tous s'étaient habitués à ces silences qui ne trahissaient en rien le manque d'éducation mais plutôt la maladie. Pepe Galvache, son beau-père, devait raconter l'avoir aperçue qui passait en revue des dessins dans la chambre de Yulia (« des gribouillages de gamine »), avant de les plier avec soin jusqu'à en faire de minuscules carrés qu'elle avait fourrés dans ses poches. « La pauvre gosse, depuis le mariage, c'était comme vivre avec un fantôme qui ne savait plus que dormir et manger », constaterait-il. Comme elle reprenait en boucle les Kinks, son groupe préféré, le vieux Galvache lui avait dit : « Tu n'arrêtes pas de chanter, aujourd'hui, hein », et elle s'était retournée pour lui répondre : « Je chante, comme le garçon près du cimetière, parce que j'ai peur. » « C'était la première phrase qu'elle m'adressait depuis des semaines. Elle ne souriait pas mais ne semblait pas non plus souffrir », poursuivrait-il, ce qui me laisse supposer que son visage exprimait une stupeur immaculée, comme la dernière fois que je l'ai vue. Avec le regard à la dérive de celle qui, après des années de combat acharné, s'est lassée de lutter pour ne pas basculer dans la folie. Je le voyais, ses amis le voyaient, son mari le voyait, mais à part nous rares étaient ceux qui percevaient le magnifique effort qu'elle faisait pour ne pas sombrer, l'exercice tortueux qu'elle s'imposait pour aller bien. À certains moments, la ficelle lui filait entre les doigts mais elle sautait aussitôt en l'air pour rattraper le ballon, seulement chaque fois qu'il lui échappait, il s'envolait plus haut et elle, elle sautait de plus en plus afin de le récupérer et de continuer à fouler le même sol que nous. Pourtant un jour elle avait sauté trop tard, parce que son corps n'en pouvait plus, j'imagine, et la ficelle lui avait échappé pour de bon, laissant le ballon s'éloigner jusqu'à ce qu'on le perde de vue, d'abord elle puis tout le monde, et c'est alors qu'elle s'était enfermée en elle-même et avait jeté la clé aux requins. Ce jour-là, elle avait été vue qui descendait à la plage, encore presque déserte en ce matin de septembre et où l'eau était si calme qu'on aurait dit un jardin bleu sillonné de reflets de soleil; celui qui se tenait là, l'observant depuis la promenade, n'était autre que le journaliste Adolfo Sampedro – dit Mago, « le Magicien » –, qui s'était étonné de sa chevelure, lissée et parfaite, de ses kilos en trop (« mais pas si nombreux que ça pour le temps qu'elle avait passé enfermée ») et de son maquillage donnant l'impression qu'elle avait voulu se faire belle d'une manière trop agressive. Depuis l'endroit où il se trouvait, il l'avait vue rentrer dans l'eau jusqu'au menton puis se mettre à nager, comme avant. Il n'y avait pas eu le moindre frémissement à la surface tandis qu'elle s'avançait dans la mer, ni la moindre onde autour d'elle, et ce n'est que lorsqu'elle s'était mise à faire la brasse qu'un sympathique petit cercle d'écume s'était formé, un petit cercle si indissociable d'elle qu'il faisait penser à une nageoire de poisson; elle n'avait pas nagé d'un bout à l'autre de la plage, comme elle le faisait avant, mais en s'éloignant du rivage, et la dernière chose qu'avait pu distinguer Sampedro, ç'avait été un scintillement de soleil parmi d'autres, un petit point blanc et lointain qui avait fini par se perdre dans l'horizon d'une mer paisible sentant à peine la présence de Mai et l'accompagnant jusque-là où personne ne pouvait l'accompagner, ne serait-ce que du regard. Quand elle avait six ans, m'avait-elle raconté un jour, elle avait économisé sept pesetas avant de courir au magasin du coin, où on lui avait dit qu'avec cette somme elle pouvait acheter soit un crayon à papier, soit une gomme. Elle avait acheté la gomme.

3

Galvache

En quittant Punta Faxilda, Berta Soneira m'a expliqué que « je chante, comme le garçon près du cimetière, parce que j'ai peur » n'était pas une phrase inventée par Mai Lavinia mais par Emily Dickinson. Pepe Galvache nous avait confié en avoir eu la chair de poule lorsqu'il avait entendu ces mots (« En quatre mois elle ne dit rien, et tout à coup elle me sort je ne sais pas quoi à propos d'un enfant et d'un cimetière »). Pour être exact, a poursuivi Soneira, il ne s'agissait pas d'un vers tiré d'un poème mais d'une lettre envoyée en 1862 par Dickinson à Thomas Wentworth Higginson. Ce dernier avait publié dans le journal *Atlantic Monthly* un article intitulé « Lettre à un jeune contributeur », et Dickinson, l'ayant lu, avait décidé de lui adresser un courrier personnel auquel étaient joints plusieurs poèmes. Il commençait de la sorte : « Êtes-vous trop occupé pour me dire si mes vers sont vivants ? » Higginson lui avait répondu et ils avaient alors entamé une correspondance. Dès la deuxième lettre, Emily Dickinson lui écrivait : « J'avais une terreur – depuis septembre – que je ne pouvais dire à personne et donc je chante, comme le garçon près du cimetière – parce que j'ai peur. »

Berta Soneira, lorsqu'elle renonçait pour un temps à la posture de l'enfant terrible, savait vous expliquer les choses de façon didactique et brillante. Ce jour-là, au sortir de l'entretien avec le vieux Galvache, j'ai aussi commencé à comprendre qu'elle aimait un nombre limité de choses mais que celles-ci l'obsédaient au point de la dévorer, et que cette passion en devenait maladive. Elle pouvait écouter la même chanson un milliard de fois, lire le même livre un milliard de fois, voir le même film un milliard de fois, apprendre à connaître la même personne un milliard de fois. Elle s'offrait le luxe d'avoir des lacunes à faire rougir un écolier mais se montrait en revanche incollable sur un tout petit sujet ayant une grande valeur à ses yeux qu'elle parvenait à transposer à n'importe quel domaine. Cela ne concernait pas n'importe quelles chansons, n'importe quels livres ou films, ni n'importe quelle personne. En se plongeant de manière très approfondie dans les moindres détails de l'histoire du meurtre de Martin Albert Verfondern, ce Hollandais parti vivre dans un hameau de Galice où il devait finir assassiné par ses voisins, elle en avait peut-être appris davantage sur la nature humaine que n'importe lequel de ses contemporains. Jeter après cela son dévolu sur Yulia Lavinia était on ne peut plus logique, non seulement en raison de l'occasion en or que représentait cette affaire mal traitée par la presse qui s'en était presque aussitôt désintéressée, mais aussi parce que les événements étaient survenus dans un village et qu'un village, selon elle, « a cette faculté de produire une atmosphère dans laquelle personne, excepté celui qui y vit, ne parvient à respirer ».

Le lendemain du jour où elle était arrivée, s'était présentée au maire et avait bu des coups avec moi le reste de la soirée, Soneira m'a donné rendez-vous au Ranchito avec un autre type, un technicien caméra-son qu'elle appelait Samu. Elle a débarqué d'humeur impertinente et joyeuse, ayant déjà parcouru les journaux. Fraîchement douchée, les cheveux encore humides, ses boucles mouillant les épaules du pull torsadé qu'elle portait. Elle avait avec elle un gros bouquin, *Costa da Morte : une terre de rêves et de naufrages*, de Rafael Lema. Nous disant l'avoir entamé la semaine précédente « par curiosité », elle avait déjà son naufrage préféré : celui d'un caboteur qui, en 1945, s'était détaché de ses amarres au beau milieu de la tempête puis avait erré à travers les eaux au gré des vagues et du vent jusqu'à être stoppé dans sa course par un banc de sable, et lorsque les gens du coin alarmés étaient arrivés sur place, ils n'avaient trouvé pour seul membre d'équipage que le capitaine chat. « J'espère que c'était un chat rubigineux, a-t-elle dit. Vous voyez ce que c'est ? » Elle a alors entrepris de nous parler de long en large, de façon extrêmement drôle mais sans sourire une seule fois, du fameux chat rubigineux, la plus petite espèce de félin au monde, qu'on ne trouve qu'au Sri Lanka, avant d'attraper un café brûlant, qu'elle a avalé d'un trait, et de lancer : « C'est parti ! »

Punta Faxilda, la propriété des Galvache, était une de ces bâtisses à la façade recouverte de plantes grimpantes, avec une vaste terrasse ensoleillée et un porche à l'avant sous lequel la famille se réunissait l'été à la tombée du jour comme dans les films. À l'arrière, le jardin s'étendait jusqu'à une chênaie qu'on appelait le bois des Souvenirs et dans laquelle des renards pointaient parfois le bout du museau. Tout, dans cette maison, tournait autour de Pepe Galvache, un homme petit et râblé aux yeux très sombres dont les sourcils semblaient constitués de piquants de hérisson. Pepe s'était marié de bonne heure avec María de la Luz Castaña, surnommée dans le village La Castañuelas, « la Castagnette », et ils avaient eu trois enfants : Santiago, Rita et Delfín. La Castañuelas était morte peu après la naissance de ce dernier, dans un accident de voiture ; c'était cette femme indépendante, solitaire, grande buveuse et joueuse de cartes qui était au volant ce jour-là, mais peu importe car on avait tenu pour responsable le conducteur arrivant en sens inverse, qui avait perdu le contrôle de son véhicule et fait irruption sur sa voie à elle. Et c'est dans la foule venue assister à cet enterrement qu'avait commencé à se cimenter la troisième majorité électorale du maire Girón. « Elle avait le droit de conduire, bon Dieu, allait résumer Galvache, mal à l'aise, quand Soneira, avec une pointe de perfidie, tiendrait à le questionner sur l'accident. Mais que tu puisses conduire bourré comme un coing à cinq heures de l'après-midi et qu'après on dise que c'est de la faute de l'autre, ça me laisse sur le cul. À croire qu'il faut être torché pour que ce ne soit pas de ta faute. » Il a reconnu garder peu de souvenirs de sa femme, mais pas davantage de ses enfants quand ils étaient petits. « Je n'ai pas la mémoire des visages, parfois j'ai l'impression d'être arrivé hier dans cette maison, a-t-il ajouté. Vous me dites que la Mai est morte il y a vingt-cinq ans. Pour ce qui est de la Luz, je serais bien en peine de calculer, mais ça doit faire une quarantaine ou une cinquantaine d'années. » Il s'est interrompu, comme s'il prenait soudain conscience du passage du temps, avant de constater : « La pauvre, aujourd'hui c'est presque comme si elle n'avait jamais existé. »

Dans leur jeunesse, Rita et Delfín passaient trois semaines au village en août, tandis que Santiago et son père restaient à Xaxebe presque trois mois, si bien qu'avec le temps ils étaient devenus des estivants de longue date aux habitudes immuables. Ils descendaient de bonne heure à la plage, prenaient des étrilles avec du vin ribeiro avant le déjeuner, faisaient la sieste, partaient pour le village à vingt et une heures et y passaient le temps chacun avec ses amis et ses occupations, menant l'un et l'autre, il est vrai, sa vie de son côté, avec son propre cercle. Il n'y avait entre eux ni heurts ni démonstrations d'affection, même si dans le fond ils s'aimaient. C'était une famille corognaise qui ne jurait que par l'ordre et l'argent. Ici, dans le Nord, si un fils embrasse son père, c'est qu'il a l'intention de le tuer.

Pepe Galvache nous a reçus non sans un certain étonnement car il avait du mal à comprendre, disait-il, qu'on accorde autant d'importance aux « vieux trucs du passé ». La mère de ses enfants était morte et lui, il s'était remarié, avant de divorcer. Son fils aîné, Santiago, qui s'était retrouvé veuf à dix-neuf ans, s'était également remarié et avait eu deux enfants. Quant à ses deux plus jeunes, ils ne vivaient « même pas en Galice ». Il racontait tout cela avec l'air un peu perdu d'un homme qui aurait appartenu à un autre monde, en se réfugiant derrière cette attitude forcée des vieillards qui nous fait les excuser, voire nous excuser nous-mêmes.

Samu a installé le projecteur, réglé l'objectif, et il a fait asseoir Pepe Galvache devant des baies vitrées donnant sur le jardin. Sans être ce qu'on appelle un manoir, Punta Faxilda était une maison ouverte et spacieuse avec une vue à couper le souffle. Ce qu'il y avait de plus remarquable était la pelouse, qui montait en pente douce depuis l'arrière-cour jusqu'au bosquet d'arbres, et la mer de l'autre côté, un morceau d'océan à cinq cents mètres de la grille. La bâtisse, haute de deux étages, était ancienne et construite comme toutes celles du village avec de la pierre, de l'ardoise et du bois. Pepe Galvache n'était ni un magnat ni un grand entrepreneur, mais il avait bien réussi, et à partir du moment où il avait réussi, il s'était fixé là. Il n'en avait pas voulu plus, ne rêvait pas de plus, n'avait pas besoin de plus.

— J'avais une entreprise de fournitures et plein de copains. Ils ont fait appel à moi sur un tas de chantiers, je me suis fait pas mal d'argent, a-t-il dit. Quand j'ai eu ce qu'il me fallait, j'ai décroché. Ça peut paraître bizarre, mais moi je suis comme ça. J'étais vraiment sur une bonne lancée, hein. J'aurais pu avoir mes propres chantiers. Ou rentrer dans les magouilles politiciennes. Mais pour quoi faire ? N'est pas riche celui qui sait gagner de l'argent mais celui qui sait quand s'arrêter ; celui qui ne sait pas, c'est un voyou. Voilà ce que j'en dis. Tôt ou tard, il devient un voyou. Et celui qui a gagné des sommes indécentes en respectant la loi ? Eh bien celui-là, c'est le pire voyou de tous.

Et ce n'est qu'une des réflexions dont il nous a fait part ce jour-là. Pepe Galvache n'avait jamais été filmé et Samu devait constamment lui demander de ne pas regarder dans tous les sens ou de ne pas se toucher le visage (il en est même venu à parler la main devant la bouche, plaquée sur sa moustache, comme si quelqu'un cherchait à lire sur ses lèvres). C'était un sacré personnage. À un moment donné, il nous a expliqué que dans les années 1980 il ne pouvait être de gauche parce qu'il n'avait pas d'argent, et que « la gauche, c'est la classe sociale de ceux qui profitent, un truc de pique-assiettes, comme dirait l'autre », mais quand Berta Soneira, imperturbable sur sa chaise à côté de la caméra, lui a fait remarquer qu'il pouvait à présent se « le permettre », Galvache a fait signe que non d'une mimique outrée : « Ça ne vaut plus le coup. — En général, a rétorqué Soneira, tous ceux qui disent ne pas pouvoir être de gauche parce qu'ils n'ont pas d'argent ne le sont toujours pas quand ils en ont. » Galvache a salué sa repartie avant de passer à autre chose. Il a décroché, selon son expression. À vrai dire, il se fichait pas mal de la politique. Sa plus grande fierté était de ne pas être devenu un cacique local quand tout lui souriait, et ce n'était pas là un mince mérite.

— C'est vous qui avez conduit Mai Lavinia à l'autel le jour de son mariage.

— Oui, elle était bien à mon bras. Il ne faut pas m'en demander beaucoup plus, je sais juste qu'elle sentait très bon. Les gens qui sentent bon, ça ne s'oublie pas. C'est un truc qui vous marque. Je ne parle pas de l'odeur, mais de cette sensation agréable qui l'accompagne, tu vois ce que je veux dire ?

— Vous aviez déjà eu l'occasion de parler avec ses parents avant ça ?

— Je ne les connaissais pas et elle n'en parlait pas. Le fait de ne pas parler de ses parents, vraiment, c'est une décision qu'il faut respecter, ça regarde chacun. Bref, la question ne s'est pas posée.

Il y a eu un moment étrange pendant l'interview où Pepe Galvache, cet homme qui en avait pourtant vu d'autres, est devenu nerveux. Ç'a été quand Berta Soneira l'a interrogé sur la relation qu'entretenait Mai avec Yulia.

La question, que l'on entend dans la vidéo, était mot pour mot celle-là : « Comment décririez-vous la relation avec la petite ? »

Galvache a pincé les lèvres en se tortillant sur le canapé.

— Entre elle et moi ?

— Non, entre elle et sa mère.

— Je ne vois pas l'intérêt de cette question, je te le dis comme je le pense. Vraiment pas.

Berta Soneira a soudain eu l'air curieuse, ses bras potelés tranquillement posés sur ses jambes.

— Pourquoi ça ?

— Ni moi ni personne n'allons te dire comment elles s'entendaient. C'était une fille qui n'avait aucun vice en elle, une sainte. Ce genre de relation n'est ni bonne ni mauvaise, elle est comme elle est.

Pepe Galvache s'est de nouveau pincé les lèvres, qu'il avait charnues (son « groin de porcelet », comme disait Mai). Il y a eu un silence. Berta Soneira a entrepris de donner un tour plus chaleureux à leur échange, mettant sur le tapis la pêche, les parties de cartes, le football, les petits-enfants, tous ces sujets qui mettent les petits vieux dans de bonnes dispositions. Petit à petit, la conversation les a mine de rien ramenés des années en arrière, parce que, en réalité, Galvache n'avait pas mauvaise mémoire, c'était plutôt qu'il avait tendance à oublier les tragédies.

Il a raconté avoir vu pour la première fois Mai Lavinia de dos par une journée ensoleillée sur la plage de Barrosa. Cela, il ne pouvait pas l'oublier, disait-il, parce que c'était la première fois qu'il avait vu un de ses fils avec une fille. « Depuis la mort de leur mère, je n'avais pas pensé une seconde que mes enfants allaient grandir. » À cette époque, Santiago Galvache avait dix-huit ans, il jouait au handball l'hiver et passait ses étés à essayer de trouver quelqu'un à embrasser, comme tous ceux de son âge. Il avait de bonnes notes, et sans être particulièrement charmant, il avait néanmoins un don princier, celui de savoir bien s'entourer. « Moi, je n'ai jamais demandé à mes enfants de rapporter des bonnes notes, de ne pas fumer ou autres conneries de ce genre. Ce que je leur demandais, c'était de bien choisir leurs copains. Parce que, au bout du compte, tes enfants ne vont pas correspondre à tes attentes mais à celles de leurs copains. À treize ans, ce qu'un gamin cherche, ce n'est pas à impressionner son père, plutôt ceux de sa classe, et il faut faire gaffe à ça, a-t-il dit. Tous les copains de Rita et Delfín, par exemple, eh bien ils étaient cocaïnomanes. C'était ce qui se racontait au village. Et moi je me disais : "Bon sang, je suis sacrément verni : toute la petite bande prend de la coke sauf les deux miens", et il s'est mis à rire : Tu as beau être le type le plus malin et le plus futé pour ce qui est des affaires, dès que tu franchis le seuil de ta maison tu deviens un crétin fini. »

— Ne garde rien de tout ça, a-t-il demandé, je n'ai pas envie qu'ils me tombent dessus. Ou en fait si, si, fais comme tu veux, après tout la femme de Delfín n'a jamais rien su de ces histoires.

— J'ai votre accord ? Ça m'ennuierait de filmer en me demandant ce qu'on devra couper ou pas.

— *Dalle*, on fait comme ça, ça va mettre un peu d'ambiance cet été. Ce sera plus rock and roll.

Santiago, a-t-il poursuivi, n'était pas un gros fêtard. Il était « plus réservé ». Il bossait ses cours, sortait avec ses copains du hand, il aimait bien le sport et le cinéma, buvait le vendredi ou le samedi, mais jamais les deux jours d'affilée et presque jamais au point d'être ivre. Il avait sept et huit ans de plus que sa sœur et son frère, « un truc phénoménal », mais le fait est que jusqu'à ce que Santiago fête ses six ans, il avait échappé à sa mère, María de la Luz, qu'elle pouvait avoir d'autres enfants. « Je crois vraiment qu'elle n'en avait pas pris conscience, a dit Pepe Galvache.

Je peux même te raconter, et ça je ne l'ai jamais dit à personne, que le jour du goûter d'anniversaire, je l'ai vue au milieu de tous les gamins invités demander à l'un d'eux qui était sa mère, et quand il lui a répondu, elle a répliqué : "Ça ne peut pas être elle, vu que c'est déjà la mère de celui-là." Elle était un peu zinzin, mais comme ça, on ne le voyait pas du tout, ce qui est encore pire. Toujours est-il que lorsqu'elle s'est rendu compte que les deux gosses en question étaient frères, elle a fait une tête du genre : "Ah, c'est donc bien vrai !", comme si on lui avait montré un gnome. Elle était impayable. »

La première chose qu'avait vue Pepe Galvache cet après-midi-là sur la plage de Barrosa avait donc été le dos d'une fille qui s'approchait de son fils pour l'embrasser dans le cou. Il en était resté, disait-il, estomaqué. Mot pour mot : « J'étais estomaqué, mon gars ! » Le lendemain, au cours de son interview, Martín Novás allait nous expliquer qu'il se souvenait lui aussi de l'épisode en question parce que la bande de copains guettait le jour où Pepe devait apprendre l'existence de cette relation : « Pepe Galvache, c'est un homme avec un caractère épouvantable qui s'est radouci avec l'âge, mais à cette époque, il était invivable. » Novás était l'un des meilleurs amis de Santiago Galvache et il était aussi devenu l'un des meilleurs amis de Mai. Le père Galvache était quelqu'un de dur qui, en certaines occasions, « allait trop loin », mais à qui l'on pardonnait ses débordements parce qu'il était veuf et élevait seul, avec Lola pour unique aide, trois enfants dont deux étaient encore en bas âge lorsqu'il avait perdu sa femme. « Celle qui les a vraiment élevés, c'est Lola », devait rectifier Novás, avec « des coups de main ponctuels » du père. Santiago, qui avait eu le temps de connaître sa mère et s'était toujours senti en dette vis-à-vis d'elle (« une dette très étrange et poétique »), n'avait jamais posé problème ; les deux autres, Rita et Delfín, avaient en revanche fait vivre un enfer à la maisonnée. « Il leur mettait des raclées, et bien sûr c'est inadmissible de mettre des raclées à un gosse. Mais bon, ce n'était pas non plus les dérouillées ni les histoires à dormir debout que racontaient ces deux-là lorsqu'ils avaient de la poudre plein le nez. Il s'agissait au maximum d'une ou deux torgnoles et eux, à cette époque, ils étaient déjà adolescents ; la gamine, il la frappait moins, en réalité il ne la frappait presque pas. Il fallait la voir, celle-là, une sociopathe de première. Ce qu'elle a fait de mieux, ç'a été de se marier avec un propriétaire de terrains de golf et de partir vivre à Jerez, où si ça se trouve elle va se faire tuer par un cheval. »

— Mon fils Santiago n'a que du mépris pour son frère et sa sœur, mes deux autres enfants, nous a dit pour sa part Pepe Galvache. Je l'envie profondément, parce que je ne peux pas en faire autant. Je suis leur père, ce ne serait pas bien, quelle image ça donnerait de moi… Mais bordel, je ne leur ai jamais trouvé le moindre intérêt à ces deux-là, jamais.

C'était donc par une journée très chaude, s'est-il encore souvenu, qu'une fille au dos constellé de taches de rousseur s'était approchée de son fils pour poser brièvement ses lèvres sur son cou, et Pepe Galvache s'était senti vieillir de vingt ans. « C'est pas les infarctus, les cheveux blancs, le bide, ou ces rides qu'on a à cause de la mer et du soleil, a-t-il dit. Ce qui vous fait vieillir pour de bon, c'est que votre aîné se mette à fricoter du jour au lendemain. » Il avait commencé à haleter en continuant à avancer sur le sable, comme si le poids des ans lui tombait tout à coup dessus. À ce stade, tous s'étaient rendu compte de sa présence sur la plage. Il s'était installé à côté d'un de ces couples venant de La Corogne qui passaient l'été à Xaxebe, sous un parasol si court qu'on aurait dit, au-dessus de sa tête, un énorme et ridicule chapeau tout plein de fleurs. Affalé sur un siège de plage, il regardait vers la mer dans une position telle que, depuis l'endroit où se tenait le groupe d'adolescents, « tout ce qu'on voyait de lui, c'était un gros ventre parfaitement rond, comme celui d'une femme enceinte », devait raconter son fils lors de notre entretien avec lui.

Mais Pepe, lui, pouvait les épier du coin de l'œil, ce qui était bel et bien son intention. Ils étaient en train de faire un jeu en cercle et, comme il ne parvenait pas à les entendre, il s'était employé à les observer comme s'il s'agissait d'un film muet. C'est ainsi qu'il avait commencé à remarquer l'attitude qu'elle avait vis-à-vis de lui, différente de celle qu'elle adoptait à l'égard des autres, aussi bien dans sa façon de parler que de regarder. « J'ai fait la connaissance de Mai Lavinia à cent mètres de distance, ce qui est le minimum requis par la loi », a-t-il dit. De là où il se tenait, il avait pu constater que son fils ne la quittait pas des yeux, qu'il avait la même gestuelle embarrassée que celle qui était la sienne à la maison quand on parlait de quelque chose qui ne lui plaisait pas ou quand il rechignait à répondre à une question, qu'il mettait sa main en visière en regardant ailleurs mais sans regarder personne en particulier, juste pour faire son intéressant ou détourner la conversation, qu'il se grattait sous les genoux, et il l'avait imaginé avec un étrange éclat sauvage dans les yeux quand il était gagné par la nervosité, comme cela lui arrivait à lui-même. Il avait aussi pu observer certaines choses qu'il n'avait jamais vues auparavant, comme la façon que Santiago avait de caresser le bras de cette fille (il n'avait jamais vu son fils faire de caresses à qui que ce soit; sa mère était morte, et s'il avait entrepris de le câliner lui en rentrant à la maison, « il aurait probablement récolté une bonne gifle »). Déconcerté, il ne perdait pas une miette de ce spectacle. Lorsqu'ils allaient se baigner, son fils adoptait une démarche différente, se tenant plus droit et roulant des mécaniques de façon un peu ridicule, « un brin nerveux, parce que marcher en voulant donner l'impression que tu marches bien, c'est un truc vraiment grotesque », et lorsqu'il sortait de l'eau, il ne se jetait pas sur sa serviette comme il en avait l'habitude, mais secouait la tête pour que ses cheveux sèchent, même si en réalité ce qu'il voulait, c'était les mettre en valeur, et il forçait un peu en s'étirant pour souligner ses abdos, et il remontait son maillot jusqu'en haut des cuisses pour qu'on voie bien ses jambes athlétiques de joueur de hand, toutes bronzées. Et il souriait, il ne riait pas mais il souriait, parce qu'il avait de très charmantes fossettes et complexait d'avoir de grandes dents, si bien qu'il souriait à tout bout de champ. « Ce n'était pas mon fils, ou en tout cas pas le fils que je connaissais, c'était mon fils amoureux, ce qui est différent. J'en avais le tournis parce que c'était comme le voir s'aventurer tout à coup dans la vie, la vraie, celle qui fonce à trois cents à l'heure et te broie si tu ne l'as pas bien en main. »

Au cours de son interview, la semaine suivante, Santiago Galvache allait nous expliquer qu'il n'avait été conscient de rien de tout cela à l'époque, même s'il savait dans le fond que son père était potentiellement en train de les observer, mais que ça lui était bien égal qu'il se soit dit qu'il était « en train de se ridiculiser ». Le fait est que les premiers jours avec Mai, il était, à l'en croire, « vraiment à bloc » :

— Si Mai m'avait dit que je devais tuer quelqu'un pour ne pas la perdre, j'aurais tué n'importe qui. C'est ça, le véritable amour, celui qui est pur, presque toujours le premier. Rien que d'y penser, ça me remue les tripes.

— C'est un peu excessif, non ? a répondu Soneira.

— Maintenant que tu le dis, c'est bien possible. J'étais très, mais vraiment très amoureux. Mais c'est possible que mes souvenirs me donnent l'impression d'avoir été plus amoureux que je ne l'étais en réalité, ça nous arrive à tous.

— Voilà, avant tout était mieux et tout était « plus ».

— Mais la première fois, est revenu à la charge Santi Galvache, cherchant à défendre sa personne autant que son état d'hébétude amoureuse envers Mai, ça reste la première fois, non ? Ou alors ça a changé ?

— Le prestige du premier amour est intact. Mais hors caméra, ça m'intéresserait que tu m'expliques en quoi le deuxième, ou le dernier, en ont moins.

— À cause du côté découverte, c'est évident.

— À mon avis, Charlie Sheen, pour prendre un nom au hasard, doit plus s'éclater en Amérique que Christophe Colomb à l'époque, a rétorqué Soneira.

— Mais quand Charlie Sheen pointe quelque chose du doigt, c'est une pute, pas un nouveau continent.

— Nouveau aux yeux de qui ?

— Je ne sais plus si tu parles de l'Amérique ou de Mai.

— Je parle toujours de l'Amérique, a dit Soneira en papillotant des cils.

Santi s'est mis à rire :

— Ça va apparaître dans le documentaire, ça ?

— J'espère bien que oui. En réalité, ton père n'a pas pensé que tu te ridiculisais. Il nous a juste dit qu'il ne t'avait jamais vu comme ça, a poursuivi Soneira. En fait, il a dit sans le dire quelque chose de très mignon, à savoir que tout à coup tu t'étais rendu compte qu'il y avait certaines choses dont tu ne savais pas te servir et qui avaient du potentiel, comme ton corps, tes cheveux ou ton sourire. Comme arriver à utiliser une cape.

— Ça ne me dit rien. Mais bon, je n'avais jamais été amoureux auparavant, alors j'imagine que cette année-là, je me suis bien ridiculisé.

— Quand as-tu fait la connaissance de Mai ?

— Le 3 juin 1993. On s'est mariés pour le premier anniversaire de notre rencontre.

— Pourquoi si tôt ?

— Pourquoi attendre ? Qu'est-ce que ça aurait changé ?

En cet après-midi au cours duquel il avait vu Mai Lavinia pour la première fois, le père de Santiago Galvache s'était approché du groupe avant de remonter chez lui et il s'était présenté, un truc totalement déplacé, estimait-il avec le recul. « Mais il n'y avait déjà plus grand monde, juste Santi, elle et le fils Novás, et bien sûr, dans les faits, je ne suis pas allé me présenter mais demander à mon fils s'il avait les clés de la maison. »

La Costa da Morte est l'endroit d'Europe où le soleil se couche en dernier, l'ultime point du continent qui demeure éclairé. Ce phénomène s'observe au cap Touriñan pendant deux mois seulement, du 14 mars au 24 avril puis du 18 août au 19 septembre, et s'explique par le changement d'axe de rotation de la Terre par rapport au Soleil. C'est là que firent halte les Romains sous le commandement de Decimus Junius Brutus, après avoir longé tout le littoral atlantique. Et depuis le promontoire du cap Finisterre, assistant, épouvantés, au spectacle du soleil qui sombrait peu à peu dans la mer jusqu'à être englouti, ils en déduisirent que le monde s'arrêtait à l'endroit où ils se trouvaient ; que là-bas, là où le soleil avait disparu, ils seraient précipités de la mer dans l'abîme.

Pepe Galvache a raconté que cette histoire lui était revenue à l'esprit au moment où il rentrait chez lui après avoir fait la connaissance de Mai Lavinia, parce que ce jour-là le soleil était énorme et qu'elle lui avait dit, avec une immense candeur, qu'il n'allait peut-être pas se coucher.

— C'est un soleil puissant, aujourd'hui l'Atlantique aura du mal à l'emporter. On va rester assister au combat, avait-elle annoncé.

Et Pepe Galvache lui avait rappelé qu'ils étaient en juin, et qu'elle allait devoir attendre encore deux mois avant que se présente l'occasion de voir le soleil tenir tête à la mer. Une fois près d'elle, il n'avait pas réussi à en dire beaucoup plus ; non pas à cause de son charme, de sa manière d'être décalée, ni de la fascination qu'elle exerçait quand elle parlait, mais parce que en se rapprochant il avait constaté que ce dos jeune et robuste, à la fois large et étrangement délicat, n'était en réalité pas constellé de taches de rousseur mais de petits trous. Des marques de chevrotines ou de plombs, de fusil de chasse ou de fête foraine. En tant que chasseur, Galvache les connaissait bien, ces points qui, de loin, brillaient sous le soleil. Mais il convenait de faire comme s'ils n'avaient pas été là, comme si la première petite amie de son fils n'était pas une fille à qui l'on avait tiré dans le dos, alors il lui avait fait la bise (« Elle sentait déjà bon à ce moment-là, en fait ce n'était pas juste le jour du mariage ») et il avait dit au revoir.

— Souhaite-nous bonne chance, avait-elle lancé.

— Bonne chance pour quoi ?

— Pour que ce soit le soleil qui gagne, on est de son côté.

« Ça donnait l'impression qu'elle parlait sérieusement et en même temps on se doutait bien que non, a expliqué Pepe Galvache. J'ai remonté la plage, dit bonjour à deux ou trois gringalets qui jouaient au volley au niveau des arbres, et puis j'ai pris l'escalier pour retrouver ma voiture et je suis reparti à Punta Faxilda en me demandant non plus si elle parlait sérieusement mais si j'avais eu affaire à une vivante ou à une morte.

— Et alors, au bout du compte ? a voulu savoir Soneira.

— Vivante, elle était bien vivante.

— Mais non, voyons, je parle du soleil.

— Le soleil ? Il a tenu le coup, mais il a fini par se coucher à deux heures du matin. Bon sang, qu'est-ce que tu aurais voulu qu'il fasse d'autre, le soleil ! »

4

Novás

Martín Novás et moi avions été les plus proches amis de Santiago Galvache et de Mai Lavinia. Au village, Martín était connu comme « le fils Novás ». Ses parents étaient les propriétaires de Supermercados Novás, un magasin ordinaire de dimensions plutôt modestes qui, dans une autre ville, aurait été « l'épicerie du coin » mais auquel les Novás, dans leurs rêves de grandeur, avaient donné le nom de « supermarchés », comme si cela avait été immense et qu'il y en avait eu plusieurs. J'ai connu Novás enfant, à l'époque où j'allais faire des courses à la supérette et qu'il y tenait la caisse. Il n'arrivait pas davantage au niveau du comptoir que moi lorsque j'étais à la réception de la pension de famille de mon grand-père, et l'un comme l'autre nous demandions au client : « Que puis-je pour vous ? » sans qu'il lui soit possible de nous voir, ce qui me fait dire avec le recul que si quelqu'un était arrivé au village un des jours où on nous laissait, à nous les enfants, la responsabilité de l'entreprise familiale, il aurait sans doute pris ses jambes à son cou comme s'il avait eu le diable à ses trousses.

Cette histoire-là, nous la ressortions souvent, Martín

Novás et moi, quand nous étions encore jeunes et amis. Amis, d'ailleurs, nous l'étions toujours, même si nous n'avions pour ainsi dire plus de contacts. Nos relations s'étaient réduites à ces coups de fil protocolaires que l'on passe à quelqu'un que l'on n'a pas vu depuis cinq ans tout en sachant pertinemment que ça nous ennuie autant l'un que l'autre, on se parle en ne pensant qu'à raccrocher, on se dit « Il faut à tout prix qu'on se voie cette fois, parce que là on pourrait croire qu'on n'en a pas plus envie toi que moi, il est hors de question de laisser passer encore un an » et on raccroche, chacun de son côté, en espérant bien qu'il s'écoulera plutôt un siècle. Le pire, dans tout ça, c'est qu'en s'étant si bien connus, je ne parvenais pas à ressentir pour Martín Novás une indifférence après tout légitime, tiraillé que j'étais en permanence à son égard entre la cruauté et la tendresse, un sentiment très complexe.

Novás jouait au football et il avait commencé en deuxième division à l'âge de vingt ans, en tant que *canterano*, ou joueur formé localement, au Compostela, dans les années dorées du Compos, qui avait fini par monter en première. Il était très doué et à ses débuts, l'idée de jouer dans un grand club l'avait fait vibrer. À un moment ou un autre de notre vie, on vibre tous pour quelque chose et on se fait presque toujours éteindre d'une tape de la main comme un vulgaire réveil. Mais Novás, lui, avait vibré pour quelque chose de vraiment grand : jouer pour Arsenal ou le FC Barcelone. Sa tape sur le réveil avait dû être brutale. En cette époque dorée, il renvoyait l'image d'un type tranquille et tout en muscles, à l'air ténébreux, dont la seule aspiration dans l'existence était qu'on lui fiche la paix, et c'est d'ailleurs la raison pour laquelle il allait sans cesse vers des gens qui ne l'avaient pas remarqué :

pour réclamer qu'on le laisse en paix. Cette intensité poétique le rendait séduisant aux yeux des femmes, qui se retrouvaient à tomber amoureuses de lui sans même s'en rendre compte. De façon si distraite qu'il arrivait que ce soit Novás lui-même qui doive les mettre au courant, et elles se laissaient alors glisser entre ses bras puissants, se ployant en arrière comme dans les films en noir et blanc pour qu'il les embrasse au beau milieu de la piste de danse avant de les planter là, parce que le lendemain il avait un match.

De ces années-là lui étaient restés un air désabusé et une haine farouche du football : il ne regardait pas le moindre match, il ne savait pas qui remportait les championnats ou ne les remportait plus ; c'était comme s'il y avait eu des comptes à régler entre le foot et lui, et qu'il prétendait avoir le dessus. En digne héritier des ambitions de ses parents, peut-être Martín Novás rêvait-il depuis Xaxebe que le monde entier tourne le dos au foot et conspue la Ligue des champions. Nous avions déjà eu ce genre de personnage au village, à savoir le directeur de la rédaction de *La Hora de Fisterra*, le journal local de Xaxebe, José Antonio Ventín : un jour de 2003, il avait proclamé que c'en était fini d'Internet, s'était enfermé dans son bureau pour y rédiger un éditorial et n'en était ressorti qu'à dix-huit heures, suant comme un cochon, après avoir livré une bataille épique. « C'est fait, demain tout le monde saura, avait-il dit.
— Qu'as-tu donc fait, José Antonio ? » lui avait demandé, livide, le doyen de la rédaction, Adolfo Mago Sampedro.

J'ai suggéré à Berta Soneira de filmer Novás au phare du port de Xaxebe, où lui et moi avions fait la connaissance de

Mai Lavinia. Entre-temps, j'ai mis en ordre ce que j'avais écrit au cours de notre entretien avec Galvache. Le récit de ces événements, survenus entre 1993 et 1995, s'appuie sur les notes prises lors des principales interviews – il y en a eu quatre-vingt-deux en tout – ainsi que sur les enregistrements réalisés, mais davantage sur les premières pour des raisons pratiques, et aussi sur mes propres souvenirs, dont je me sers au moment de reconstituer les dialogues. J'y ai recours, à ces notes et à ces enregistrements, quand l'histoire le requiert, ce qui explique qu'il est parfois nécessaire de mentionner le point de vue d'untel ou untel avant même que l'on en vienne à son interview proprement dite, et à l'inverse de réserver certains éléments pour le moment où ils prendront tout leur sens. Mon seul objectif est d'essayer de raconter les choses à peu près comme elles se sont passées, et dans cet à-peu-près Novás est la pièce la plus décisive de toutes.

Dans une affaire sans suspects, il a été celui qui s'en approchait le plus. Et, paradoxalement, c'est ce qui a le plus donné à penser qu'on n'éclaircirait jamais la disparition de Yulia Lavinia. Comment aurait-on pu croire, sans preuve d'aucune sorte, qu'un footballeur avec tout l'avenir devant lui enlève une petite fille de trois ans, dont la mère était une de ses amies, pour l'emmener on ne sait où et en faire on ne sait quoi, sachant que dans les heures et même les semaines qui avaient suivi, on ne l'avait à aucun moment perdu de vue ?

— J'aurais dû être la star d'Arsenal et, au lieu de ça, j'ai fini par devenir pour tout le village « le dernier homme à avoir vu Yulia Lavinia ». Ou plutôt : « l'homme qui a pratiquement enlevé Yulia Lavinia », a-t-il dit au cours de l'interview.

— Tu dois en avoir assez de revenir là-dessus.

— En gros, je suis un *one-hit wonder*, cette chanson qu'on réclame à la fin de tous les concerts pour contrebalancer leur côté imprévisible. Comme je ne bois pas beaucoup, mes copains – il m'a désigné, comme au bon vieux temps – me surnommaient « la boîte noire ». Cette nuit-là, la fête avait déjà migré dans le jardin, où un type mixait, et on était encore trente à quarante personnes, dont le curé vu qu'à l'époque il avait un gros problème de boisson et que personne ne s'aventurait à le virer des fêtes. Pepe était parti se coucher ivre mort, d'ailleurs j'avais dû l'aider à monter l'escalier. Je l'avais laissé dans sa chambre, qui se trouve au fond, et en revenant je suis entré dans celle de Yulia. Parce qu'elle pleurait, à cause de ses cauchemars. Elle en avait fait beaucoup cette année-là. Je lui ai dit de ne pas s'inquiéter, qu'il suffisait qu'elle pense à des choses agréables. Je ne suis pas resté plus de cinq minutes étant donné qu'elle s'est rendormie. Quand je suis redescendu au salon, j'ai vu que les invités s'étaient déjà faits plus rares et que certains avaient un bon coup dans le nez, ça donnait cette impression de fête sur le déclin, touchant à sa fin, avec les quelques personnes encore debout qui se racontent des conneries dans le salon pendant que les autres dorment déjà. Du coup, je ne me suis pas attardé. Mais si j'avais su, je serais resté là-bas jusqu'à quinze heures le lendemain, tu comprends ? Je me suis tiré sans dire au revoir parce qu'à ce stade plus personne ne se disait au revoir, bref, je suis sorti et je suis reparti en voiture. Une fois chez moi, je suis allé me coucher, et j'ai été réveillé trois heures plus tard par la question la plus dingue qu'on m'ait posée de toute ma vie : « Yul est avec toi ? » D'ailleurs, c'est toi qui m'as réveillé.

C'était bien moi qui avais appelé Martín Novás et j'avais justement eu la même pensée : que c'était vraiment une question dingue. En allant aux toilettes, je l'avais croisé qui sortait de la chambre de Yulia. Cela ne m'avait pas surpris, parce que Yulia était un peu l'enfant de tout le monde, mais lorsque deux heures après on s'était rendu compte de sa disparition, j'avais repensé à cette scène, en me disant que la fillette s'était peut-être réveillée et qu'elle avait voulu aller faire un petit tour, à moins que Novás ne soit en train d'essayer de la rendormir à l'extérieur de la maison, sous le porche, à l'écart de la fête, même si à ce stade nous avions déjà cherché partout.

Novás avait mis du temps à répondre lorsque nous l'avions appelé, et tandis que j'avais le téléphone collé à l'oreille, tout se bousculait dans ma tête et je repensais au jour où mon père, après avoir fait bien des économies et bien des sacrifices, avait acheté une BMW d'occasion. Trois jours plus tard, il m'avait réveillé en déboulant dans ma chambre, l'air décomposé : « C'est toi qui as pris la voiture ? » Car lorsqu'il était arrivé à la place qui nous était attribuée dans le parking, au lieu de la voiture, il n'avait retrouvé qu'une petite tache d'huile. Et avant d'admettre qu'on la lui avait volée, il avait demandé à son fils, âgé de douze ans, si ce n'était pas lui qui l'avait prise. Ce qui revenait à lui demander si, après l'avoir mis lui-même au lit, ce garçon, qui se trouvait être moi, ne s'était pas faufilé au beau milieu de la nuit dans le parking pour monter en voiture et partir faire un tour avec, en prenant bien soin ensuite de la garer à l'extérieur parce qu'il aurait été risqué de la remettre au parking avec de tels piliers en béton. Si ça se trouve, il y avait cru à cette histoire, tellement abracadabrante, selon laquelle la voiture non seulement n'avait pas été volée, mais en plus n'avait pas la moindre éraflure; cela m'avait donné envie de le conforter dans son illusion et je suppose que Martín Novás, face à notre désespoir de ne pas retrouver une petite fille disparue, avait été lui-même tenté de rassurer tout le monde et de dire que oui, elle était bien avec lui, pour se lancer à sa recherche juste après avoir raccroché. Les mécanismes de la pitié humaine sont exactement les mêmes que ceux de la peur, incontrôlables et terribles.

Son « Non, qu'est-ce qui s'est passé ? » avait signé la fin de notre dernier et plus délirant espoir, à nous qui nous trouvions encore à Punta Faxilda. Il s'était rhabillé, avait repris sa voiture et était revenu vers huit heures du matin au mariage, où il y avait déjà plus de monde que lorsqu'il était parti. « Je crois qu'ils espéraient sincèrement que j'apparaisse avec la petite fille dans la voiture en criant "Je vous ai bien eus !", ou quelque chose dans le genre. Ils m'auraient collé une beigne et serré dans leurs bras, ils m'auraient détesté à mort et en même temps ils m'auraient adoré à vie. »

Nous avons filmé Martín Novás assis face à la caméra sur l'un des bancs en pierre du quai, à côté du phare. Avec toute cette mer derrière lui, il retrouvait en partie son ancien pouvoir de séduction, peut-être parce que la couleur de l'eau rappelait celle de ses yeux; j'ai pensé, non sans jalousie, qu'il passerait très bien à l'écran.

— Il faisait chaud ce jour-là, une chaleur poisseuse et vraiment inhabituelle sur la Costa da Morte, a-t-il dit en arrivant. C'est bizarre parce que ici il ne fait jamais chaud, ici il fait juste plus ou moins frais.

On s'est pris dans les bras et je l'ai présenté à Berta

Soneira, qui recopiait dans son carnet les graffitis du phare. L'un d'eux avait disparu, le plus grand, celui qui disait « Mai je ne t'oublie pas » et qui avait été tracé par Santiago Galvache dans les mois ayant suivi la mort de sa femme. Pendant que Samu installait le matériel, Soneira et Novás se scrutaient ouvertement l'un l'autre. « J'ai lu ton bouquin, lui a-t-il dit soudain, celui sur le Hollandais, ça m'a bien plu. — Merci », a-t-elle répondu. Cela faisait trois jours que Soneira était à Xaxebe. Elle avait l'air radieuse. Par moments, ses lunettes glissaient toutes seules sur le bout de son nez, qui faisait penser à un drôle de toboggan, et elles y tenaient en équilibre tandis qu'elle lançait une phrase semblant sortie de nulle part qui, comme des mots écrits à l'encre sympathique, ne révélait son sens que peu à peu.

— Il est bien, ce bouquin, mais sa plus grande qualité, c'est qu'il donne la mesure de tes livres à venir, s'est lancé Novás, s'improvisant critique littéraire. Tu es tellement jeune que tous les espoirs te sont permis.

C'était une remarque involontairement blessante tout à fait typique de Novás, que Soneira a généreusement laissée passer.

— Vous n'avez jamais entendu parler de la bande des prometteuses ? a-t-elle demandé tout en remettant le carnet dans son sac à dos. Se montrer prometteuses, c'est ce qu'on sait faire de mieux, d'ailleurs c'est pour ça qu'on plaît aux garçons et que nos copines veulent nous garder près d'elles. Parce que personne ne sait quand nous allons tout donner. Mais on est les seules à savoir que c'est ce qu'on sait faire de mieux : être prometteuses. On n'est qu'espoir.

Novás a souri et s'est tourné vers moi :

— Ça fait un bail.

— Tu peux le dire, un an peut-être ?

— On ne te voit plus des masses au village.

— C'est vrai, ai-je reconnu. Je suis pas mal pris là-bas. Le boulot, quoi.

— Tu as posé des congés au journal pour venir ?

— J'avais des jours à prendre. Et toi, comment ça se passe à la mairie ?

— Ça va, ça va. Girón, tu vois ce que je veux dire.

— Et Marisa, et les enfants ?

— On n'a pas à se plaindre, honnêtement. Une vie de famille tranquille, tu vois ce que je veux dire.

Cela faisait longtemps qu'une rupture silencieuse était consommée entre nous, rendant inconcevable toute autre forme de conversation. Lorsqu'on se voyait à l'époque, nous passions notre temps à nous charrier en se parlant dans cette langue qui remonte à l'amitié de l'enfance, en employant un ton perceptible seulement par nous deux, dans les inflexions duquel nous savions déceler ce qui relevait de la plaisanterie, du ressentiment ou de l'inquiétude. Et après toutes ces années, ces centaines de soirées passées ensemble, jamais nous n'aurions pu imaginer un éloignement de cette ampleur. Mai nous l'avait bien dit : le moment de vérité arriverait quand nous nous verrions sans but précis. Quand nous ne célébrerions pas le fait de se voir comme une bonne occasion de boire, quand nous n'aurions pas deux verres dans le nez, quand nous aurions soudain dix minutes devant nous sans rien d'autre à faire que parler. Si cela arrivait, alors nous parviendrions à nous connaître, ou du moins à cerner les centres d'intérêt des uns et des autres. Si cela arrivait, nous verrions avec qui nous étions réellement amis ou non. Si cela arrivait, comme cela devait arriver un jour entre Novás et moi, il nous serait facile de comprendre que notre manière d'être insouciante et notre extravagance théâtrale quand nous étions réunis, si forcée par moments, n'étaient qu'une forme de politesse travaillée, un protocole aussi bien rodé que celui qui unit les prisonniers en permission. Novás et moi avions passé tant de temps ensemble et occupé tant de journées à discuter avec frénésie, nous coupant sans arrêt la parole, que nous avions fini par ne plus savoir qui nous étions l'un et l'autre. Nous nous étions découverts à cinq ans, redécouverts à quinze et à vingt-cinq. Nous avions fait l'impasse sur les trente-cinq et, à quarante-cinq, nous étions désormais pire que deux inconnus : deux inconnus avec un passé commun.

Quand Novás s'est assis, prêt à être filmé, il s'est mis à pleuvoir un peu. Ces quelques gouttes n'ont impressionné personne. On a décidé de poursuivre et la pluie nous a rapidement laissés tranquilles.

— Parfois, c'est la meilleure chose à faire, a décrété Berta Soneira.

— Quoi donc ?

— De s'en ficher, de la pluie. Quand il pleuviote, on n'en tient pas compte. Ensuite, même s'il pleut un moment, on reste sans bouger. Et à la fin, elle se lasse. C'est comme avec un putain de gamin – elle s'est tournée vers Novás : Tu en as, toi, des gamins ?

— Deux, un garçon et une fille.

— Formidable. Du coup, tu saurais me dire un truc, en bon père de famille que tu es ? Je ne trouve pas de Calippo à la fraise dans ce village, en fait je ne trouve ni Calippo ni quoi que ce soit d'autre, je ne trouve pas de glaces tout court.

— En hiver, c'est pas évident, mais tu as regardé au supermarché ?

— J'ai regardé jusque sous les pierres. Si ça se conserve au froid, pourquoi est-ce que c'est si difficile d'en trouver en hiver ?

— Toi, tu aimes les glaces, hein ?

— Non, ce que j'aime, c'est les Calippo. J'aime quand ils commencent à fondre, cet instant où ils sont presque granités et où la fraise a un goût divin. J'en mange quand je suis nerveuse, il faut toujours que je bouffe un truc quand je suis nerveuse. Et à choisir, pendant que je t'interviewe, je préfère que ce soit un Calippo plutôt que mes doigts.

— Oui, je suis d'accord.

— Super. Lance la caméra, Samu.

La première chose que lui a demandée Berta Soneira, c'est ce qu'on avait l'habitude de faire ici, au phare : « On mangeait des *pipas*, des graines de tournesol », lui a répondu Novás. Le week-end, on y faisait un *botellón*, on se retrouvait là pour boire tous ensemble, mais si on venait au phare en semaine, c'était pour manger des *pipas* au milieu des mouettes, de l'odeur de poisson et d'une mer terrible qui vomissait des vagues contre la digue. C'est par une journée de ce genre qu'on avait fait la connaissance de Mai.

Un vendredi matin de la fin mai, Novás et moi étions avec Suso Miñoca, un copain de la bande, quand deux filles s'étaient approchées de nous. Très jeunes, encore adolescentes ou presque. Elles nous avaient demandé du feu, il y avait du vent et l'une des deux s'était penchée pour pouvoir allumer sa cigarette ; l'autre, une fille au visage pâle et cerné, voulait savoir comment on s'appelait. On le lui avait dit. Sa copine était revenue avec la clope allumée : « Ça vous embête si on se pose ? On est hyper fatiguées. » Novás ne l'a pas mentionné pendant l'interview, mais il leur avait demandé si elles faisaient le chemin de Compostelle. Jusqu'à l'âge de trente ans, Novás demandait systématiquement aux gens venant d'ailleurs s'ils étaient en train de faire le Chemin. Et quand j'étais là, il en profitait pour ressortir l'anecdote sur l'époque où les clients ne pouvaient pas nous voir derrière le comptoir. Le mieux dans l'histoire, c'est qu'aucune des deux n'avait la moindre idée de ce qu'était le Chemin. On était restés ensemble un quart d'heure, le temps que celle qui fumait termine sa clope et qu'elle s'en remette, vu qu'apparemment ça lui donnait la nausée. Et à partir de là, ce dont je me souviens encore c'est du moment, et Novás s'en est aussi souvenu, où la fille à la tête d'insomniaque nous avait demandé si on était le genre de types à sortir avec les jolies filles du lycée ou un truc dans ce goût-là. Elle l'avait fait sans y aller par quatre chemins, c'est ça qui nous a marqués, et elle nous avait expliqué qu'une « jolie fille du lycée » lui avait piqué son dernier petit copain, que ça la rendait dingue que les jolies filles du lycée finissent toujours par s'amalgamer « comme le mercure ». En réalité, avait-elle déclaré, ce n'était pas tant qu'elles étaient jolies mais qu'elles étaient riches, et à cet âge-là, quand on s'habille et qu'on s'arrange mieux que les autres, ça fait illusion auprès des garçons : « J'ai même vu des sacrés boudins qui sortaient avec des surfeurs, parce qu'à force de se mettre du wax dans les cheveux, ils commencent à voir flou. » Ce qui est sûr, c'est que le jour où nous les avions rencontrées, sa copine et elle faisaient un peu peine à voir : elles étaient en jean et tee-shirt donnant l'impression d'être portés depuis plusieurs jours, et sans vraiment sentir mauvais, elles ne sentaient pas non plus comme les jolies filles du lycée. Négligées serait le mot juste, pas au point de donner l'impression d'être à la rue, mais suffisamment pour qu'on se dise qu'elles n'allaient pas à une soirée et qu'elles ne faisaient pas non plus le Chemin, vu qu'elles n'avaient pas de sacs à dos. C'est alors que l'un de nous, je ne sais plus si c'est Miñoca ou Novás, leur avait demandé si elles, elles n'avaient jamais été des jolies filles du lycée, ce à quoi elles avaient répondu que, de toute façon, elles auraient plutôt été des jolies filles de centre d'éducation surveillée. « D'ailleurs, il faut qu'on y aille, parce qu'on n'a une autorisation de sortie que de quelques heures. » C'était là notre première confrontation avec le monde des demi-vérités qui nous attendait. Nous avions commencé à nous poser cette question qui agite les villages depuis toujours : d'où elles sortaient ? « Vous ne nous avez pas dit comment vous vous appelez. » Celle qui avait fumé, une grande fille très mince avec de longs cheveux bruns, qui était aussi la plus silencieuse et la plus triste des deux, avait dit « Rebeca » et celle qui s'était fait piquer son petit copain par une jolie fille du lycée avait fait un sourire super drôle, en plissant les yeux : « Miss Mars. » Et elle avait ajouté, avec le charme naturel d'une gamine à qui tout sourit : « En fait, là-bas, ils n'ont pas les mêmes standards. »

5

Nico

Mon grand-père m'a expliqué un jour que ce qui décidait de l'arrivée de l'été, ce n'était pas le temps, mais les vacanciers. Ce grand-père tenait une petite pension de famille en deuxième ligne de plage. Il précisait toujours « deuxième ligne » pour souligner qu'elle bénéficiait ainsi des avantages de la première et de la tranquillité de la troisième. Elle se composait de chambres très simples dépourvues de télévision et situées au dernier étage d'une maison qui en comptait deux. Ma famille avait toujours vécu à Xaxebe et nous y possédions une grande bâtisse en pierre que mon grand-père avait fait construire à son retour de Montevideo, où il avait passé vingt ans. Elle était entourée de ces fleurs que cultivait ma grand-mère, sentait toujours bon, et je garde le souvenir de ses chambres vastes et propres, ainsi que d'un petit salon où trônait un de ces vieux téléviseurs surmonté d'un napperon et d'un coq que nous avions rapporté du Portugal, censé changer de couleur en fonction du temps. Dans les années 1980, le second étage avait systématiquement été loué à une famille qui passait là tous ses mois d'août, les Valdibia, mais était arrivé le jour où les cinq filles Valdibia, blondes et toujours alignées en mode *virgin suicides*, avaient grandi et préféré passer leur été pour les unes à Sanxenxo et pour les autres à Ibiza. Mon grand-père avait donc aménagé là-haut une pension de famille qu'il aurait voulu appeler « Costa da Morte » mais que ma mère, suivant une intuition fulgurante, avait baptisée « Pensión Amalia ».

Deux jours après notre rencontre au phare, une des filles, celle qui s'était présentée comme Miss Mars, était apparue à la porte de la pension. Elle était encore accompagnée, mais cette fois par une fillette et non par son amie Rebeca. « Ma fille, Yulia, avait-elle dit. — Ravi de faire ta connaissance, Yulia, moi, c'est Nico », avais-je répondu en serrant sa petite main. Je ne me souviens pas de ce que portait Miss Mars ce jour-là, mais une chose est sûre, elle paraissait plus soignée et plus séduisante que lorsqu'elle avait débarqué avec sa copine. Les cheveux détachés et encore humides, de bonnes couleurs, aucune trace de cernes. Je suis certain qu'elle ne pouvait pas porter sa robe à fleurs parce que Santiago devait la lui offrir quelques jours après leur rencontre, mais je ne parviens pas à l'imaginer habillée autrement car elle allait très souvent la porter cet été-là. Quel âge avait-elle ? Et sa fille ? Il m'avait semblé que lui poser ces questions serait pour ainsi dire revenu à lui demander à quel âge elle avait été violée.

— Alors comme ça, tu es réceptionniste, comme mon père, avait-elle dit.

— Où est-ce qu'il travaille, ton père ?

— Il réceptionne *at home*, chez nous, quoi. Comme si j'étais une balle de base-ball. Mais ça fait un bout de temps que ce n'est plus le cas, vu que je suis partie pour découvrir le monde.

— Eh bien, c'est ici qu'il s'arrête.

— Je suis au courant, je suis déjà venue ici, quand j'étais petite. Pas ici, ici, je veux dire, mais dans le coin.

— Et donc, tu aimes le base-ball ?

— Pourquoi, vous y jouez, vous ?

— Eh bien oui, à marée basse, on trace des bases sur le sable et on est quelques-uns à y jouer, avais-je répondu et c'était vrai, j'avais été surpris qu'elle parle de base-ball.

— Ne t'en fais pas, je déteste ça, la marée basse. Tout ce que la mer laisse à découvert alors qu'elle pourrait le recouvrir, ça me dégoûte un peu.

Elle avait fait plusieurs remarques condescendantes à propos du village, mais plus sur son architecture que sur ses habitants, et lorsque j'avais voulu voir sa carte d'identité, elle m'avait demandé si j'étais de la police. Le truc, c'est que je mourais d'envie de la voir. La partie qui me plaisait le plus dans ce boulot que je faisais le matin à la pension, c'était regarder les cartes d'identité devant leurs propriétaires et prendre note des informations les concernant pendant qu'ils patientaient. Cela me donnait l'impression d'être un agent secret opérant à visage découvert et au grand jour. Découvrir les prénoms et les noms, la date de naissance, les prénoms des parents des gens qui venaient de franchir la porte et devaient vous fournir des informations personnelles sans broncher, c'était vraiment l'aspect que je préférais dans ce travail consistant pour l'essentiel à lire des Agatha Christie et à répondre au téléphone.

— Donc c'est comme ça que tu as appris son nom ? m'a demandé Berta Soneira.

J'ai fixé la caméra en essayant de paraître naturel, et j'ai répondu que oui. C'est effectivement ainsi que j'avais su qu'elle s'appelait Mai Lavinia Romero, qu'elle était née à

Barcelone le 1er février 1975, ce qui signifiait qu'elle avait dix-huit ans, et qu'elle était la fille de Ricardo et Rogeria. Lorsque j'avais répété son nom à voix haute, elle avait fait un petit bond en arrière et avait dit « Mai », et sa fille, depuis sa poussette, avait répété « Ai ». Elle avait réservé une chambre pour les trois semaines suivantes. Je l'avais aidée à porter son sac de voyage parce qu'elle était très chargée. Je me souviens qu'il faisait vraiment chaud ce jour-là.

— Et ensuite qu'est-ce qu'elle a fait ? Qu'est-ce qu'elle a fait ce premier jour, par exemple ? a voulu savoir Soneira.

— Je ne sais pas. Elle est peut-être allée à la plage avec la petite, elle s'est promenée, elle a parlé aux gens, elle était bavarde. Je ne m'en souviens pas, là je te parle de ce qu'elle avait l'habitude de faire au village, mais en réalité je ne saurais pas te dire si c'est vraiment ce qu'elle a fait ce jour-là. Ce dont je me souviens, en revanche, c'est qu'on est allés faire un tour le lendemain après-midi parce qu'elle devait endormir la petite.

— Tu ne sauras pas non plus me renseigner sur la date exacte.

— Si, ça je l'ai sur la fiche. J'en ai fait une copie pour la police. Elle est arrivée à Xaxebe le 30 mai 1993.

Berta Soneira a refermé son carnet d'une façon très théâtrale, comme si elle laissait tomber le couvercle d'un cercueil, et m'a souri. « Tu es fatigué ? » a-t-elle demandé. Je lui ai répondu que oui. C'était la première fois que je parlais aussi longtemps devant une caméra. Samu a coupé et m'a offert une blonde que j'ai fumée assis dans le salon de ma maison, la vieille pension de famille ; un endroit inoccupé que j'allais sans doute vendre un de ces jours, quand j'en trouverais la force.

J'étais la troisième personne interviewée du documentaire. Les autres s'étaient montrées loquaces, et je l'étais tout autant.

Soneira s'est assise à côté de moi. Elle avait encore les cheveux ébouriffés par la pluie et une lueur d'excitation dans les yeux. Je me suis soudain demandé si elle ne couchait pas avec quelqu'un. Elle était à Xaxebe depuis quatre jours et ce à quoi elle occupait son temps, quand elle ne tournait pas, était bien mystérieux. Elle était réservée avec un côté déplaisant, dicté, je suppose, par l'honnêteté intellectuelle qu'elle avait pu voir chez beaucoup de connards dans son genre, ceux qui tenaient le discours du « Moi je dis la vérité, que ça plaise ou non ». Mais au bout du compte, même ceux qui évoluent dans les nuées, avec leurs théories sur l'être humain et leur prétention à la sincérité, ont besoin de s'envoyer en l'air. Pas entre eux cela dit, car la probabilité d'une malformation génétique s'en trouverait décuplée.

Je lui ai demandé ce qu'elle pensait de son séjour à Xaxebe et elle m'a répondu que ça se passait bien. Elle explorait les environs, faisait du tourisme, restait des heures à regarder la mer. Elle lisait, s'informait. Je lui ai aussi demandé si elle faisait tout cela seule et elle m'a répondu ce à quoi je m'attendais, bien que sans se montrer désagréable : que c'était indiscret. Elle a cependant ajouté quelque chose de vraiment blessant : « Tu es un peu vieux pour moi », et comme elle disait ça sur le ton de la plaisanterie, j'ai rétorqué sur le même mode que c'était elle qui était trop jeune, pas moi qui étais trop vieux. La gêne explique, je suppose, qu'à aucun moment je n'ai réussi à lui dire que je la suivais depuis qu'elle avait publié, à l'âge de vingt-quatre ans, un brillant petit livre d'entretiens fictifs qu'un critique exalté et un peu à côté de la plaque avait comparé à *La Littérature nazie en Amérique* de Roberto Bolaño. Cela y faisait quelque part écho, mais le parti pris de Soneira visait le journalisme, pas la littérature ; lassée de toquer aux portes des médias, elle avait donné un coup de pied dans la fourmilière. Elle « interviewait » les grands intellectuels, hommes politiques et scientifiques du moment, se livrant au gré d'amples échanges truffés de saillies et de réflexions que ces grands intellectuels, hommes politiques et scientifiques n'avaient jamais formulées, même s'ils auraient été bien inspirés de le faire. L'interview qu'elle avait réalisée de l'écrivain Rafael Sánchez Ferlosio avait beaucoup fait parler d'elle sous le titre : « La saleté qui adhère encore à ton ongle une fois que tu as nettoyé le reste à grand-peine, voilà ce qu'est l'Espagne. » Mais la meilleure était celle de l'ancien président du gouvernement Felipe González ; cinq pages au long desquelles Berta Soneira pose des questions et y répond au nom de González jusqu'à ce que ledit González en arrive progressivement à un niveau de confession inouï que vient couronner un titre stupéfiant de vraisemblance : « En définitive, la social-démocratie n'est pas une idéologie, mais un cheval de Troie. »

Le livre, publié par une petite maison d'édition du nom de Morgante, avait été peu distribué et s'était encore moins vendu, mais il était parvenu entre les mains de Ferlosio, qui l'avait salué comme l'exercice journalistique le plus sincère qu'il ait jamais lu ; grâce à cette déclaration, l'ouvrage était devenu un petit phénomène éditorial. Le fait que ces propos soient tenus par le plus grand intellectuel espagnol, dont l'entretien de quatre pages était apocryphe, avait lancé un débat faisant grand bruit. Et si notre vérité était sacrée au point qu'il faille l'énoncer à notre place ? Et si nous étions incapables de la comprendre par nous-mêmes au point que nos paroles ne soient jamais aussi sincères que lorsqu'elles sont mises dans notre bouche par quelqu'un qui nous connaît mieux ? Ce qui ne faisait aucun doute, c'est que Berta Soneira s'était parfaitement documentée, et le livre, qui avait bien vite acquis un immense prestige, lui avait ouvert les portes de diverses publications où placer des reportages et des interviews toujours irrévérencieux et passionnés, mais qui avaient perdu de leur sincérité : seul quelqu'un d'autre connaît votre vérité. À vingt-cinq ans, Berta Soneira signait des articles dans l'édition espagnole de *Vanity Fair*, participait à l'écriture de scénarios de documentaires et se voyait de temps à autre commander des reportages de fond par *El País Semanal*. Elle ne descendait jamais en dessous de trois mille mots « parce que sinon, tu dois tellement retourner le texte dans tous les sens que ça en devient un poème ». Elle s'était rendue célèbre dans certains cercles pour sa célérité, son agilité intellectuelle ainsi que son sens de la citation, des réflexions provocantes et des titres détonants. Elle avait passé son adolescence dans des squats et était liée à des mouvements anarchistes. Savoir qui était Berta Soneira, c'était « être dans le coup » ; lire Berta Soneira signifiait être cool, que vous aimiez ou non. Elle était devenue une marque, ce à quoi elle se résignait non sans agacement parce qu'elle ne jouait pas la carte de la séduction, elle n'était pas sophistiquée, elle n'avait pas de tatouages, elle ne portait pas de vêtements branchés ; ce qu'elle était, elle l'était parce qu'elle avait lancé un pavé dans la mare depuis une petite maison d'édition et que cela lui avait bien réussi. Je pense qu'elle se sentait coupable de son succès, ce qui est fréquent chez les jeunes sans avenir qui sont en train de se construire en opposition au succès des autres au moment où ce même succès les prend par surprise, s'autosabotant au départ avant de s'y abandonner avec une juste dose – pas malsaine – de cynisme.

Lorsqu'elle tenait une histoire, cette insolente enfant terrible se changeait en une artisane qui prenait tout son temps et exerçait son métier dans un respect absolu de la forme la plus reconnaissable du journalisme : une écriture froide, impassible, sans le moindre jugement de valeur, pour laquelle elle sélectionnait les mots qu'elle employait avec un dévouement total. « Faire du journalisme, c'est savoir choisir ses adverbes », devait-elle décréter à la faveur d'une de ces fameuses *boutades* qui contenaient bien plus de vérité qu'elles n'en avaient l'air.

Je ne cherchais pas à être proche d'elle et ne m'imaginais pas que cela devait être le cas un jour (les personnes si promptes à gagner l'estime des autres m'ont toujours fait peur, je les crois capables de tout), mais j'avais du respect pour elle; elle avait de la superbe, de la distinction, avec quelque chose d'authentique. Au-delà de ses débuts fracassants et de la construction de ce personnage lunaire capable de passer tout un après-midi à balancer des sorties mordantes à la Groucho Marx, elle était l'autrice d'un fascinant reportage sur le Hollandais Martin Albert Verfondern qui avait achevé de la consacrer, à juste titre, ainsi que d'une dizaine d'articles dans des magazines et journaux prestigieux. Aurais-je voulu être à sa place ? Je faisais la même chose, bien que de manière beaucoup plus modeste – dans un journal local moribond –, mais contrairement à elle je n'aurais pas pu supporter une seconde que mon travail soit scruté avec une telle violence. J'étais rempli de doutes sur moi-même, je faisais relire mes articles par tout le monde avant de les publier et si un inconnu, dans la rue, me prêtait attention, je voulais rentrer sous terre. Il fallait être fait d'un autre bois et Berta Soneira, cette fille de taille moyenne aux énormes lunettes, au regard myope et aux cheveux bouclés, à la voix rauque mais chaleureuse, l'était sans doute, ou du moins elle s'en donnait à cœur joie comme si cela avait été le cas. Dans le fond, je pense que ce qui la sauvait, c'était cet amour si intime et délicat qu'elle avait pour son travail ainsi que la férocité avec laquelle elle protégeait sa vie privée.

— Je n'ai pas trente ans et j'ai probablement déjà donné plus de cinquante interviews. Je crois bien que je n'ai dit la vérité dans aucune, m'a-t-elle confié ce midi-là tandis que nous déjeunions. Parfois, ce n'était pas l'envie qui me manquait, mais il suffisait que je voie la tête du journaliste pour que ça me passe.

Je lui ai demandé pourquoi un documentaire plutôt qu'un livre. Elle a répondu que c'était pour les visages. « Parfois, la voix dit une chose et les expressions en disent une autre. Ce n'est pas que ça m'embête, mais je veux en rendre compte. » Elle s'est arrêtée de manger, laissant la moitié de son assiette « parce que ça fait chic », et a ajouté :

— J'aime bien avoir pas mal de prises, avec pas mal d'interviews, de documentation et de plans, sur deux ou trois heures, moins que ça, deux ou trois minutes, mais deux ou trois minutes-clés. Deux ou trois minutes, c'est à ça que se résume notre vie. Le truc, c'est que personne ne s'en rend compte, parce qu'il y a cette croyance selon laquelle vivre pleinement, c'est avoir beaucoup de choses qui t'arrivent, mais pour ma part je pense que vivre pleinement, c'est arriver à comprendre les choses qui t'arrivent. Et en général, on peut les compter sur les doigts d'une main, non ?

— Merde alors.

— Tu es en train de lancer le chronomètre, là ?

— Non, non.

— Il y a une phrase qui parle de ça chez Boris Pasternak, celui qui a écrit *Le Docteur Jivago*. « Cela n'a duré qu'un instant, mais ça aurait pu éclipser l'éternité. » Ces deux minutes sur lesquelles porte le tournage, on ne cherche pas à les revivre, mais à prolonger à travers elles le plaisir de la quête. Parce que plus on consacre d'heures à une seconde, plus elle s'éloigne de la réalité et plus elle se rapproche de la vérité. Anna Karénine n'a pas existé, mais ce qui lui est arrivé, c'est la vérité : les filles comme elle se jettent sous les trains. Et l'Espagnol le plus célèbre de l'histoire, Don Quichotte, il n'existe pas davantage, pourtant il n'y a pas plus vrai que lui. Nous, on est en train de faire un documentaire sur ce qui s'est passé entre cinq et sept heures du matin dans la maison d'un village galicien, ici au bout du monde — elle a soupiré. On va devoir retailler ce qu'on a pour que le documentaire se concentre sur quatre minutes en particulier, c'est-à-dire en gros le temps qu'il faut pour sortir une petite fille de tout juste trois ans de son lit et la faire monter dans une voiture. C'est dans cette optique que l'on retrace la vie de sa mère et les vôtres à tous, la vie du village, pour en venir au moment où quelqu'un ouvre une portière et fait monter une petite fille dans une voiture, une petite fille qu'après ça on ne reverra plus jamais. Toutes vos vies et vos souvenirs d'il y a vingt-cinq ans pour raconter un vide. Mais ce vide sera vrai. Comme si, après un long préambule qui maintenait les gens en haleine, on ouvrait le rideau et qu'il n'y avait rien. Ou encore mieux, comme si on prévenait le public qu'on n'allait rien lui montrer du tout, et qu'il venait quand même.

Cet après-midi-là, nous avons repris l'interview où nous l'avions laissée, c'est-à-dire à l'instant où je racontais l'arrivée de Mai à la pension. J'ai trouvé ça drôle, que Soneira insiste pour que je détaille le moment où Mai et moi étions devenus amis. Cela l'intéressait vraiment de savoir comment on avait commencé à se parler, à nouer une relation, qui avait adressé la parole à l'autre et de quelle façon. Comme si, entre dix-huit et vingt ans, il était envisageable de ne pas devenir copain avec quelqu'un qui débarquait seul dans une petite station balnéaire l'été, et comme si cela avait trait à une sorte d'acte fondateur plutôt qu'à l'écoulement monotone de journées toutes identiques. Mais avant de lui répondre de façon sarcastique, je me suis rappelé que Berta Soneira était née à l'ère d'Internet, où beaucoup de relations sont fixées à l'avance, parfois même avec des clauses, tandis que dans les années 1990, si on restait cloîtré chez soi, on était fichu. Je lui ai donc raconté que le lendemain de son arrivée à la pension, j'avais demandé à Mai Lavinia ce qu'elle faisait chez mon grand-père si elle devait dormir tous les soirs dans un centre d'éducation surveillée, et elle m'avait répondu que « le coup du centre d'éducation surveillée, c'était pas tout à fait vrai », une expression qu'elle affectionnait particulièrement et qui comptait parmi les plus sincères chez elle.

Elle m'avait expliqué qu'« en réalité » (une autre formule incontournable de son répertoire) elle voulait parler d'un foyer d'accueil, et qu'elles n'y étaient pas hébergées toutes les deux, juste Rebeca. Mai, elle, n'y était restée que jusqu'à ses dix-huit ans. Désormais, elle n'avait plus besoin de la tutelle de personne, disait-elle (« mon *joystick* est cassé »), sans compter que sa famille habitait loin, « en Catalogne, presque un autre pays ». Et bien qu'il s'agisse d'une famille dans laquelle ils avaient déjà failli « s'entretuer », on y passait très rapidement de la haine à l'amour. Elle avait donc dix-huit ans, « un âge qui ne me plaît pas du tout, entre autres parce que les sales trucs m'arrivent les années paires et les bons les années impaires », et tout ce qu'elle voulait, c'était prendre soin de Yulia et passer un été à profiter du soleil et de la plage, tomber amoureuse et se marier dès que possible. Elle faisait tout « un peu dans le désordre », parce qu'elle avait d'abord eu une fille, mais « ça arrive », et la prochaine étape, au lieu de donner une fille à un père, c'était de donner un père à une fille. « Aussi simple que ça. »

Celle qui était dans un foyer d'accueil, c'était donc sa copine Rebeca et il lui restait encore un peu de temps à passer là-bas, mais avec des autorisations de sortie. Elles s'étaient rencontrées au centre pour mineurs Xoán Vicente Viqueira de Roxos, à une heure de Fisterra, un endroit « merveilleux » qui oscillait entre collège et « hôpital psy ». Je l'avais accompagnée le long du front de mer tandis qu'elle faisait rouler la poussette de Yulia en attendant que la petite fille s'endorme. Le père de Yulia ? « Problèmes familiaux. » Ses parents ? « Problèmes familiaux. » Faisait-elle des études ? « Problèmes de paperasse. » Travaillait-elle ? « Beaucoup, beaucoup plus de problèmes de paperasse. » Était-elle une fille à problèmes ? « Les problèmes c'est à moi qu'on les cherche, moi, je n'en cherche à personne. »

Cela faisait un moment que la petite fille s'était endormie, comme on était en semaine on ne croisait pas grand monde dans le village, et même la mer, qui d'habitude venait se briser sur le rivage, était calme. L'eau était si sombre qu'elle se confondait avec le ciel et on ne parvenait plus à les distinguer l'un de l'autre, au point que cela donnait le vertige de penser que si on s'aventurait dans la mer, au bout d'un moment on se retrouverait à marcher dans le vide.

Avant d'arriver à la pension, nous étions passés devant le Ranchito, et je m'étais arrêté en voyant Adolfo Mago Sampedro en terrasse. Mago Sampedro avait été l'ami de mon père et c'était l'une des personnes qui me témoignaient le plus d'affection et d'intérêt ; il allait devenir par la suite mon collègue de longue date au journal, avant que je ne quitte Xaxebe. À notre arrivée, il était donc assis seul à l'unique table restante sur la terrasse, sous la lumière d'un lampadaire, un tableau qui lui ressemblait beaucoup. J'avais supposé qu'il était saoul et cela s'était vite vérifié.

— Je te présente Mai.

— Mai ? Quand ton père t'appelle Mai, c'est qu'il est plein aux as.

— Ou c'est peut-être aussi qu'il n'a pas de temps à perdre avec des conneries, avait-elle rétorqué.

— Tu fais quoi là, Mago ?

— Je fête mon anniversaire, allez je vous offre un verre.

— On est pressés, avait rigolé Mai et elle avait commencé à s'éloigner en sautillant : Demain c'est le nôtre.

Nous avions poursuivi notre chemin. Mai avait d'immenses yeux noisette qui semblaient avoir été dessinés par quelqu'un sur le point d'être gagné par la tristesse. Elle m'avait demandé de lui parler de moi et je ne lui avais pas raconté grand-chose parce que ma vie se réduisait à pas grand-chose. Toute tentative de ma part visant à en savoir plus sur la sienne était immédiatement repoussée ; elle avait un don incroyable pour le mystère. À l'en croire, elle avait fait sa scolarité à Barcelone, elle n'avait pas eu sa fille avec quelqu'un dont elle était amoureuse et, à présent, il lui fallait juste décider si elle devait poursuivre des études ou se mettre à travailler. Est-ce qu'elle avait envie d'étudier quelque chose en particulier, avait-elle une expérience professionnelle ou un boulot en vue ?

— À chaque fois que tu rencontres quelqu'un, tu le bombardes de questions comme ça ?

— C'est ce qui se fait, non ? De s'intéresser à l'autre. D'apprendre à le connaître.

— Non, parce que tu me poses des questions sur le passé. Pour apprendre à connaître quelqu'un, il ne faut pas lui poser sans cesse des questions sur son passé ; pour apprendre à connaître quelqu'un, il faut lui ficher la paix.

Son ton donnait en permanence l'impression qu'elle se réfugiait au bout du compte derrière l'ironie, comme si toutes ses phrases promettaient de déboucher sur une tape dans le dos et un « je plaisante ». Mais cela ne se produisait jamais, si bien qu'il revenait à chacun de sentir la tape ou non. Quand elle m'avait dit cela, par exemple, même si elle n'avait absolument pas l'air agacée et qu'elle l'avait dit avec le sourire, je ne l'avais pas du tout sentie, cette tape.

— Tu veux que je te dise quelque chose sur moi ? Eh bien le plus important à savoir, c'est que j'ai un super-pouvoir, avait-elle lancé. Je vois le monde avec une demi-heure de retard.

— Ça, ce n'est pas un super-pouvoir, c'est un handicap.

— Si ça se trouve, c'est moi qui ai une demi-heure d'avance.

— Si ça ne t'arrive qu'à toi, alors on peut le voir comme un super-pouvoir, mais c'est le premier super-pouvoir de l'Histoire qui t'amoindrit. Comme le super-pouvoir d'être manchot. À moins que tu ne puisses agir sur des événements que tu as déjà vécus.

— Non, avait-elle dit, soudain très triste. Je vois le passé en direct : je ne peux rien faire, à part l'observer.

— Et cette conversation alors ?

— Tu l'as sans doute eue il y a une demi-heure.

— Ce qui voudrait dire que je vois le passé ?

— Tu ne le vois pas, tu vis dedans quand tu es avec moi. Mais seulement à une demi-heure près, c'est comme si j'étais un pays dont le méridien était légèrement détraqué.

— Est-ce que tu peux deviner le passé ?

— Ce que je ne peux pas deviner, c'est le présent.

« *I'm about to give you all my money / And all I'm askin' in return, honey / Is to give me some profits.* » À un moment donné de cet été ou de cet hiver-là, sans doute parce qu'elle la passait de façon obsessionnelle, je m'étais mis à fredonner cette chanson d'Aretha Franklin. « Je suis sur le point de te donner tout mon argent / Et tout ce que je te demande en retour, chéri / C'est de me rendre mes profits. » De cette deuxième rencontre, j'aime à penser qu'elle a eu lieu par une soirée chaude et étoilée, alors qu'elles étaient souvent très fraîches, même en mai, et couvertes. Je l'avais aidée à monter la poussette avec la petite fille endormie jusqu'au deuxième étage, avant de lui dire au revoir sur le seuil de sa chambre. Quatre heures plus tard, j'avais été réveillé par le seul hôte que nous avions en dehors d'elle, un représentant de commerce mal élevé de Valladolid qui se croyait au Sheraton plutôt qu'à la Pensión Amalia. Il avait frappé à ma porte, l'endroit vers lequel se tourner en cas d'urgence, et s'était plaint qu'il ne pouvait pas fermer l'œil parce qu'une femme à son étage pleurait sans pouvoir s'arrêter en hurlant que quelqu'un avait emmené sa fille. J'avais monté l'escalier en courant et toqué à la porte de la chambre une fois, deux fois, trois fois, mais tout ce qui en sortait, c'était les sanglots fantastiques et entrecoupés de Mai, un bruit qui, à cette heure, provoquait moins l'inquiétude qu'une sorte d'hypnose, et elle répétait par intervalles : « *M'han robat la nena, m'han robat la nena*, on m'a volé la petite, on m'a volé la petite. » Elle avait fini par reconnaître ma voix dans le couloir, ou du moins elle avait crié « Nico ! » avant d'ouvrir en se traînant par terre et j'avais alors découvert sa chambre transformée en champ de bataille, ce qui relevait vraiment de l'exploit car il s'agissait des chambres les plus sommaires du monde : deux lits simples, une table de chevet et une armoire, mais il y régnait un tel désordre et un tel chaos que cette fois on aurait vraiment dit une suite du Sheraton, si bien que mon premier mouvement avait été de me retourner pour m'excuser auprès du représentant de commerce de Valladolid, mais il s'était déjà faufilé dans sa chambre avec l'agilité et l'indifférence d'un écureuil (c'était vraiment un sale type). Mon cœur battait la chamade, j'étais muet d'émotion et je ruisselais soudain de sueur au point de sentir mon tee-shirt collé à mon corps alors qu'il était cinq ou six heures du matin. Les vêtements de Mai étaient éparpillés au sol, les portes de l'armoire ouvertes et les lits à l'envers, les pieds en l'air, parce que « je voulais voir si la petite ne s'était pas cachée là », avait-elle dit comme si, pour regarder sous les lits, il avait fallu les retourner au lieu de simplement se pencher. Les rideaux étaient arrachés, la fenêtre ouverte, les tiroirs renversés. Quant à elle, elle s'était apaisée à présent, ou du moins elle était assise par terre, les jambes tendues comme si elle s'apprêtait à faire des exercices d'assouplissement en allongeant les bras, le regard calme et lointain. « *M'han robat la nena* », avait-elle répété, mais cette fois sur un ton donnant l'impression que la petite avait été moins volée que quelques minutes auparavant. Alors je lui avais demandé si elle avait entendu quelque chose, si quelqu'un était entré et ressorti, parce que les portes étaient fermées à clé, la sienne aussi bien que celle de la maison, et ma chambre se trouvant au rez-de-chaussée, à côté de l'entrée, comment cela aurait-il pu arriver sans que personne ne s'en rende compte, et pendant que je lui posais des questions auxquelles elle ne répondait pas, se contentant de tendre les bras vers ses genoux, je m'étais surpris à fouiller moi-même la pièce avec la même intention stupide et absurde de retrouver un être humain dans quinze mètres carrés, jusqu'à ce qu'en voulant déplacer la poussette de la petite qui était devant la fenêtre, je l'y découvre profondément endormie, calme et paisible, avec sa tétine dans la bouche et ses cheveux sombres retenus par un ruban vert. « Elle est là ! » m'étais-je écrié, soulagé et effrayé à la fois, mais l'effroi l'avait emporté sur le soulagement quand Mai m'avait regardé avec terreur – un regard tel que, s'il avait été le mien, je n'aurais jamais pu m'en remettre – et avait rétorqué : « Il y a une demi-heure, elle n'y était pas. »

6

Mai et Santi

Le lendemain de cet événement, le 1er juin 1993, un torero du nom de José Ortega Cano évoquait dans la presse ses récentes amours avec une chanteuse folklorique connue comme « la plus grande », Rocío Jurado. Ortega Cano avait combattu dans les arènes de Las Ventas à Madrid, pendant la feria de San Isidro, et en était sorti sous les huées : « Ça doit être parce que certains ne me pardonnent pas d'être heureux dans ma vie privée, car ma performance n'était pas non plus catastrophique [...]. Avec le vent qu'il y avait, j'ai dû contrôler progressivement les taureaux, qui n'étaient pas mauvais, et dans d'autres conditions je leur aurais même coupé les oreilles. Je ne vais pas épiloguer parce que là, à chaud, je pourrais dire des âneries. » Le lendemain, le 2 juin, un autre torero triomphait : « La chambre d'hôtel où logeait Dámaso González avait l'air d'une maison de fous à la fin de la corrida en raison des innombrables vivats qui lui parvenaient, à en croire le torero lui-même : "On aurait dit les arènes pendant ma deuxième *faena*, ça hurlait comme dans une maison de fous et je suis on ne peut plus heureux de ce triomphe, qui représente le plus beau des couronnements pour ma longue carrière, d'autant plus qu'il a eu lieu pendant la feria de San Isidro, la dernière de ma vie." » Et le 3 juin 1993, il fut annoncé que le dénommé Paul Touvier serait le premier Français à être jugé pour crimes contre l'humanité. Il avait été le chef d'une milice fasciste à Lyon pendant l'occupation nazie.

Depuis son arrivée au village, Mai lisait tous les jours les journaux au café Raimunda et découpait une brève tout en mangeant deux croissants tartinés de margarine qu'elle trempait dans son ColaCao. Raimunda ne lui disait jamais rien, comme s'il y avait eu un accord tacite entre elles : Mai emporterait chaque fois un morceau d'actualité qui ne manquerait à personne dans le café, où selon toute vraisemblance on pouvait vivre sans savoir ce qui se passait à la feria de San Isidro. Tandis que si quelqu'un s'était un jour avisé de découper les horaires des marées, ça aurait chauffé dans tout le village.

Après avoir pris son petit-déjeuner, Mai me rapportait la coupure de presse à la pension, et je la rangeais dans une de ces chemises en carton bleues à élastique typiques de l'époque, et même d'avant, qu'elle utilisait aussi. « Pourquoi ce torero-là en particulier ? lui avais-je demandé le jour où elle avait pris celle sur Ortega Cano. — Parce qu'il plaît à Rocío Jurado. Tu n'aimes pas Rocío Jurado ? Il n'y a que les connards qui n'aiment pas Rocío Jurado. » Elle avait toujours le teint frais de celle qui a bien dormi, avec les pommettes un peu rouges. En ces premiers jours, elle portait presque en permanence une robe blanche, et ses cheveux bruns qu'elle laissait détachés étaient si brillants qu'ils en paraissaient clairs. « Ortega Cano est hyper triste, avait-elle soupiré en étalant la coupure de presse sur une table : Ils ne lui pardonnent pas d'être heureux. »

Dès le lendemain du faux enlèvement de Yulia, j'avais commencé à me mouvoir devant elle comme devant un animal sauvage. Et à parler en choisissant mes mots et mon ton avec les précautions d'un démineur. Quand une personne que tu viens de rencontrer fait un truc comme ça, comme ce qu'avait fait Mai, tu te tiens constamment sur le qui-vive, pas tant à cause de ce qu'elle a fait que parce que tu te demandes ce qu'elle peut bien te réserver pour la prochaine fois. Cette fille, c'était comme se lancer dans une partie d'échecs, déplacer le cavalier mais sans pouvoir le faire autrement qu'en diagonale ; donc déplacer le fou suivant les règles du cavalier, et ne rien pouvoir faire d'autre que le déplacer comme un pion. Tout le temps qu'il te faut pour réapprendre à déplacer les pièces, tu dois essayer de ne t'en faire manger aucune, et à plus forte raison de ne pas perdre la partie. Sans parler du fait que l'arbitre accepte que l'un des joueurs ne joue pas sur le même plan temporel que l'autre.

Le 1er juin, jour où Ortega Cano avait été hué, nous étions allés tous les trois à la plage depuis la pension, en marchant d'abord à travers les ruelles en pierre de Xaxebe, puis le long du front de mer où on glissait à cause du sable. Lorsque nous étions arrivés, Mai avait dit bonjour à Martín Novás, qu'elle connaissait déjà du phare, et à Suso Miñoca. Les autres allaient venir s'ajouter par la suite, mais le cercle proche, ça resterait nous trois et Santiago Galvache. Nous avions étendu nos serviettes à côté de la rampe d'accès à la plage, loin du rivage et à proximité des auvents colorés qui étaient toujours loués par les familles venant d'ailleurs. Mai avait tartiné Yulia de crème solaire (« Vous voyez cette époque où c'était à la mode d'avoir la peau blanche et où la tuberculose c'était trop cool ? »)

tandis qu'on les observait comme des extraterrestres. On allait toujours à la plage de Barrosa, à un kilomètre du village. Il y avait là un *chiringuito*, une sorte de paillote, qui vendait des glaces Frigo et, à marée basse, les garçons descendaient parfois jouer au foot ou au base-ball et les filles aux raquettes. Tous les après-midi de cet été-là se ressemblaient. Le reste de la bande arrivait peu à peu dans notre zone, installait ses serviettes (il y avait de véritables luttes sourdes pour se mettre à côté d'untel ou d'unetelle ; Novás était le plus recherché), et on passait là des après-midi interminables, qui débordaient souvent sur la nuit. Ensuite, on allait boire des bières au Ranchito, on rentrait dormir chez nous, et au matin on partait presque tous travailler dans les affaires familiales du village, à l'exception des baigneurs (c'est ainsi qu'on surnommait les touristes). Après le déjeuner, une fois qu'on avait regardé le Tour de France si c'était une étape de haute montagne, on redescendait à la plage.

Au sein de notre groupe, Mai avait délimité un cercle restreint à l'intérieur duquel seuls Novás, Santi Galvache et moi étions admis ; quand l'un de nous était absent, ou que cela lui chantait, elle laissait entrer quelqu'un d'autre, parfois même une fille. Rapidement, toutes s'étaient mises à dire du mal d'elle dans son dos, ce que quelque part elle n'avait pas volé ; rapidement aussi, elle avait pris sous son aile Ana Miñoca, la sœur de Suso, qu'elle avait entrepris de protéger des monstres qui lui brisaient le cœur, et choisi de déverser son hostilité, une hostilité ironique et théâtrale, sur Sonia Sardinas, parce qu'il était évident, je pense, que cette grande rousse aux yeux verts avec des petites taches de rousseur avait été une jolie fille du lycée. Un jour, j'avais demandé à Mai pourquoi elle avait cette manie de s'acharner contre elle et elle m'avait répondu qu'on ne pouvait pas raisonner ce genre de chose, et que c'était d'ailleurs pour cette raison qu'on appelait ça des manies. « Mais dans le fond, je l'aime vraiment bien », avait-elle ajouté, et c'était la vérité. On ne l'appelait pas par son vrai nom, Sonia Sardinas, mais Sonia la Rousse. C'était Miñoca qui l'avait surnommée comme ça parce que Miñoca était ce type de personne que l'on trouve dans chaque bande de copains de vacances, qui appelle celui qui vient de Séville « le Sévillan », celui qui vient de Madrid « le Madrilène » et celui qui est blond « le Blond ». À un moment donné, il racontait même que c'était lui qui avait inventé ces surnoms, ce qui était presque aussi ridicule que lorsque Novás demandait à tous ceux venant d'ailleurs si par hasard ils n'étaient pas en train de faire le Chemin, comme s'ils s'étaient laissé entraîner trop loin, dépassant Saint-Jacques-de-Compostelle et déboulant à Fisterra avant de poursuivre en bateau leur quête de l'apôtre.

Deux jours plus tard, le 3 juin, Santiago Galvache avait fait son apparition au village. C'était Sonia la Rousse qui avait donné l'alerte après avoir vu monter à Punta Faxilda le véhicule familial, une grande Audi neuve dans laquelle tenaient les trois enfants Galvache, Lola, celle qui s'occupait d'eux, et Pepe, au volant, qui réglait toujours la radio sur la station Los 40 Principales, diffusant les tubes du moment. « Novás m'avait appelé pour me raconter que Nico logeait à la pension une fille seule et bizarre. Elle avait une gamine d'environ deux ans, très silencieuse et sage comme une image, enfin tu vois. Je lui avais demandé si elle était mignonne. Mai, je veux dire. Je lui avais aussi demandé si ce n'était pas une de ces allumées qui atterrissaient parfois à Xaxebe depuis Mar de Fóra, la plage des hippies. Il m'avait répondu qu'elle me plairait, ce qui m'avait fait penser que non, parce que quand tu demandes à l'un de tes meilleurs potes si une fille est mignonne et qu'il te dit qu'à toi elle te plairait, c'est une manière de la traiter de moche et toi d'imbécile », devait dire Santi Galvache dans le documentaire.

« Je savais que Mai plairait à Santi parce qu'il était ébloui par les femmes avec une forte personnalité, les femmes-mères, et Mai était un sacré phénomène, avait pour sa part expliqué Novás. Ça, je l'ai vu très vite, mais ni le jour du phare ni celui de la plage je n'ai su voir à quel point elle dégageait un truc de dingue. »

— À dix-huit ans, devais-je dire quant à moi, tout ce que tu regardes, c'est leurs seins ou leur cul, de la même façon qu'elles sont obnubilées par nos yeux, nos abdos et nos biscotos. Et puis, avec les années, on essaie de se convaincre que ce qui est trop cool, c'est l'humour, la culture, et que « voilà une belle personne avec qui je me sens bien ». Des sacrées conneries. Pour moi, tout est dans la façon de bouger. À dix-huit ans comme à cinquante-huit, il y a des gens qui bougent d'une manière telle que, rien qu'à les voir, on n'a qu'une envie, c'est de savoir ce qu'ils vont faire ensuite. Peu importent les kilos qu'ils se trimballent s'ils arrivent à bouger de façon intéressante avec, peu importe qu'ils soient comme ci ou comme ça physiquement ou bien qu'ils connaissent énormément de choses : c'est leur façon de bouger qui leur donne de la valeur à nos yeux. Leur façon de marcher, de s'asseoir, de se lever, d'agiter les bras, de tourner le cou, d'étendre la jambe, de bouger les yeux d'un côté à l'autre, de parler, surtout ça, la façon de parler. Tout ce qui est inné et qu'on ne peut pas imiter. Ce n'est jamais ce que font les gens qui compte, c'est toujours comment, voilà ce qu'on apprend avec le temps. Tu veux que l'autre bouge pour toi, que tous ces mouvements il les fasse parce que tu as attiré son attention, ou que tu lui as dit « viens voir », ou alors qu'il commence à le faire de sa propre initiative juste parce que c'est toi. Or, il y a eu un moment cet été-là où tous les mouvements de Mai étaient destinés à Santi : vu qu'il était à la plage elle allait à la plage, ou bien elle débarquait au Ranchito parce que lui s'y trouvait, lorsqu'elle ne marchait pas avec la poussette jusqu'au phare en espérant tomber sur lui. Et moi je me disais que cette façon de marcher, cette façon de s'arrêter pour allumer sa clope, cette façon de se baisser parce que la petite avait jeté sa tétine par terre avaient un responsable, et que ce responsable devait être super fier qu'une créature pareille se mette en mouvement pour lui.

J'imagine que Mai dissimulait son envie de rencontrer Santiago Galvache, qui bénéficiait de l'aura du dernier à faire son apparition ; quand quelqu'un comme elle intègre une bande, en l'occurrence une bande d'été que de nouvelles têtes rejoignaient toujours en juin, ce qu'il attend une fois qu'il a rencontré tout le monde, c'est de faire la connaissance du tout dernier, de celui qui n'est jamais là ou qui arrive plus tard, celui dont la présence se fait désirer. C'est typique de ces conneries de l'adolescence qui s'étaient un peu prolongées dans notre cas, peut-être artificiellement. Pendant ces deux jours, Mai et Yulia s'étaient intégrées au groupe d'une façon aussi naturelle et explosive qu'une voiture faisant des tonneaux. Lorsque Mai avait appris, le deuxième jour, que Sonia Sardinas était la fille de Julio Sardinas, le chef de la police locale de Xaxebe, elle avait déclaré que pour elle, « j'insiste là-dessus, pour moi », dans un monde idéal les cellules familiales n'existeraient pas, et donc les rapports parents-enfants n'auraient pas lieu d'être : à la naissance, chaque enfant serait emmené dans un autre coin du monde « où il se débrouillerait avec l'aide de l'État et d'une communauté choisie au hasard et mise en place spécifiquement pour ça ». Car tout ce qui ressort des relations entre parents et enfants, disait-elle, n'est qu'injustice sociale, justification morale des délits de la pire espèce et dépendance affective malsaine.

Je revois encore le regard abasourdi de Sonia Sardinas :

— Tu parles sérieusement, là ?

— Oui, même si en pratique je ne sais pas comment on pourrait faire. Mais il doit bien y avoir un moyen, avait répondu Mai, allongée au soleil, les yeux fermés.

Sonia s'était redressée sur sa serviette.

— Et tu dis ça à cause de mon père ? Je n'ai pas le droit d'avoir un père policier ?

— Attends, moi je suis pour la police, pour Dieu et pour tout ce qui met un peu d'ordre. Je disais plutôt ça en pensant à toi.

Et au moment où on avait eu l'impression que Sonia la Rousse allait se lever pour lui donner une claque, elle avait souri en disant « T'es sacrément barrée », sans que cela entraîne de réponse de la part de Mai, qui s'était contentée de sourire elle aussi, les yeux toujours fermés, allongée au soleil, en paix avec elle-même et avec les autres : elle pouvait être cassante et exaspérante, mais il n'y avait pas moyen de se fâcher avec elle.

Lorsqu'elle était petite, Berta Soneira était tombée amoureuse d'un garçon de sa rue qui allait dans la même école qu'elle. Elle nous en a parlé, à Samu et à moi, le jour de mon interview, quand nous sommes allés prendre un verre et nous dégourdir les jambes. Elle avait alors neuf ans et était si entichée de lui que lorsqu'elle était allée faire développer une photo que son père avait prise d'elle dans une attraction de fête foraine et qu'elle s'était rendu compte que dans le groupe d'enfants en arrière-plan qui attendait son tour pour les auto-tamponneuses on apercevait Toni, celui qui lui plaisait, elle avait découpé son visage et s'était fabriqué avec un petit collier qu'elle avait commencé à porter en permanence sous son tee-shirt. Elle avait gardé sur elle ce collier avec la photo de son bien-aimé pendant trois ans, jusqu'au jour où elle les avait perdus. Elle avait aussi perdu de vue Toni en entrant au collège, mais elle l'avait recroisé à quinze ans dans une discothèque. Ils s'étaient embrassés. Ils avaient commencé à sortir ensemble. Elle ne lui avait jamais révélé qu'elle le portait dans son cœur depuis l'âge de neuf ans, et qu'elle l'avait même porté tout contre son cœur jusqu'à douze. Mais un jour, Toni lui avait dit qu'il avait quelque chose à lui montrer, et quand il était arrivé, il avait cette petite photo découpée ainsi que le cordon qu'elle avait utilisé pour l'attacher autour de son cou. Le fin mot de l'histoire, c'est qu'à l'époque le père d'un enfant de la classe avait trouvé la photo par terre dans la rue, et quand il avait vu qu'elle représentait Toni, il l'avait donnée à ses parents. Mais il y avait quelque chose écrit au dos, le prénom et le nom de Toni, avec un cœur. Et des années après, ce dernier avait cru reconnaître l'écriture de Berta Soneira, si bien qu'il lui avait apporté la photo.

— Tu étais si amoureuse que ça de moi ?

— J'étais qu'une gamine, Toni !

— Ça veut dire que maintenant tu n'es plus amoureuse ?
— Maintenant, je le suis plus.
Berta avait commencé à passer des journées entières avec lui, et aussi quelques nuits, parce que son père était rarement à la maison, même en dehors des moments où il n'était pas en garde à vue ou en prison, et leur histoire avait suivi son cours comme tant d'autres à l'adolescence jusqu'à ce que cela commence à agacer Toni que Berta se fasse belle, se maquille, montre ses jambes, dévoile un peu son décolleté. Et elle, qui n'y voyait pas malice et lui obéissait par amour, avait commencé à voir les choses d'un autre œil au bout de la troisième ou quatrième gifle, s'était mise à avoir de sérieux doutes au bout de la troisième ou quatrième raclée, et après la sixième elle l'avait quitté. « Depuis, j'ai un peu de mal avec l'amour, nous a-t-elle expliqué, et pourtant, même à la toute fin, je lui ai donné la plus grande preuve d'amour dont j'ai jamais été capable : je n'ai rien raconté de tout ça à mon père. »
— Bref, parle-moi un peu cet après-midi de l'histoire de Santiago et Mai, on verra si ça me redonne la foi.

La première fois que Santiago Galvache était descendu à la plage avec son air distrait, un jeudi vers dix-neuf heures, alors que nous étions en train de préparer le *botellón* du soir, nous avions tous pensé que Mai Lavinia jouait un rôle. Nous étions un groupe de filles et de garçons entre dix-huit et vingt ans qui avaient pour habitude d'adopter des vacanciers de passage, ceux qui se trouvaient dans le coin, et qui à ce moment-là comptaient parmi eux une fille de dix-huit ans qui se faisait appeler Mai, qui avait débarqué avec juste sa petite fille et louait une chambre à la Pensión Amalia de Xaxebe. Santiago Galvache, dix-huit ans lui aussi, connaissait son existence parce que Novás lui en avait parlé, mais il avait mis du temps ce jour-là à se rendre compte de sa présence.

« Il y a eu cette tension typique entre deux personnes qui attendent qu'on les présente l'une à l'autre. Ils lui avaient parlé de moi parce que j'étais une figure-clé de la bande, et je suppose que dans chaque petite histoire qu'ils racontaient, il était question de Santi par-ci, Santi par-là. Et puis c'est chez moi qu'on faisait les fêtes, ça compte toujours. Novás, c'était le beau gosse, un footballeur avec cette allure-là et des yeux verts, je te laisse imaginer. Ma popularité à moi dans notre groupe, elle tenait sans doute au fait que je n'avais pas de mère, ce qui donne une sacrée aura, et aussi à l'argent de mon père : j'avais les plus beaux vêtements, une des plus belles maisons du village... », devait-il expliquer.

— Santi, voici Mai, elle est à l'essai parmi nous, avait dit quelqu'un en la désignant.

— Le fameuse Mai, avait-il répondu en s'approchant.

Mais elle, elle n'avait pas bougé le moindre muscle et nous avions supposé qu'elle faisait son intéressante, jusqu'à ce que quelqu'un lui touche l'épaule et qu'elle pousse un petit grognement, se retournant un peu et bougeant les yeux fermés. La rencontre devait prendre tout son sens par la suite, comme toutes les rencontres importantes. À l'époque, personne d'autre que ces deux-là n'avait prêté attention aux choses qui se passaient en eux, celles qu'ils avaient découvertes sur l'instant mais aussi celles qu'ils allaient découvrir après coup, ayant toutes trait à eux-mêmes ainsi qu'à leur étonnante manière de fonctionner au moment de leur rencontre.

Elle, elle devait se souvenir que la première chose qu'elle avait pensée, c'était qu'il lui cachait le soleil : « Imagine-toi faire la connaissance de quelqu'un de cette manière. » Lui, il était resté raide comme un piquet à côté d'elle, la serviette toujours sur l'épaule, tandis qu'elle s'étirait et, en ouvrant un peu les yeux, elle avait tenté de distinguer la silhouette qui l'avait privée de lumière. « Je ne sais pas qui tu es toi, mais ça c'est le meilleur soleil de la journée, celui qui chauffe encore de dix-neuf à vingt et une heures ; c'est le soleil qui apporte la touche finale, qui harmonise les couleurs que tu as prises pendant la journée et te laisse un bronzage éternel », s'était-elle plainte tout en se levant. Santi avait haussé les sourcils. « Voici donc Yulia, avait-il constaté en voyant la petite fille et, la prenant dans ses bras : La première gamine de la bande. — Ça te dirait d'être son père ? Vu qu'elle n'en a pas », avait lancé Mai. Yulia avait fait un bisou à Santi. « Regarde ça comme elle est débrouillarde quand elle veut, avait-elle ajouté. — Jalouse ? avait-il demandé. — Très », avait-elle répondu, et elle avait fait un petit bond pour planter deux baisers sur les joues de Santi, qui les lui avait rendus avec Yulia encore dans les bras. « Vous avez l'air d'une famille, avait observé quelqu'un. — Comment ça, on a l'air ? On en est une », avait-elle rétorqué. Et ils avaient commencé à en être une.

« Je ne suis pas tombé amoureux d'elle en la voyant, devait déclarer Santiago Galvache vingt-cinq ans plus tard, c'est plutôt qu'en la voyant, il m'a semblé que j'étais déjà amoureux d'elle. » Ce soir-là, il n'était pas allé à la fête de la crique, qui avait lieu tous les jeudis, puisqu'il était resté avec Mai, Yulia et Rebeca, la copine de Mai. Nombreux étaient ceux qui, les jours suivants, s'étaient posé des questions sur cette relation, cet amour, sur cette façon de s'aimer qui semblait venir de loin. Personne n'avait d'explication claire, pas même ceux de la bande qui étaient là au moment de leur rencontre. C'était comme voir deux étrangers entrer dans une maison et se mettre à y vivre à la manière d'un couple marié, mais pas le genre de mariage qui fonctionne comme on en a l'habitude, toujours au bord de la décomposition, plutôt comme un couple qui viendrait de célébrer ses noces cinq minutes auparavant. On aurait dit qu'ils avaient fait tout cela sur le mode de la blague pendant les cinq premières minutes, mais à la sixième ils s'étaient fait un smack et on avait crié « Oooh ! » sur la plage, allongés à notre place habituelle, avec nos tee-shirts sur nous parce qu'il commençait à faire frais et nos jambes pleines de sable, et au bout d'un quart d'heure ils étaient partis tous les trois faire un tour dans les rochers et en étaient revenus main dans la main : alors qu'on pensait qu'ils nous faisaient marcher, ils étaient en fait raides dingues l'un de l'autre, ou en tout cas ils se plaisaient énormément, ils ne pouvaient pas se séparer une minute et se montraient obsessionnellement attentifs à tout ce qui les concernait, sauf à ce qu'on pouvait dire d'eux, bref, ils étaient amoureux.

Martín Novás a rapporté dans le documentaire une conversation qu'il avait eue avec Mai quelques jours plus tard, au cours de laquelle elle lui avait dit qu'elle avait passé toute sa vie à supporter d'entendre les gens parler d'elle, dans son école, dans sa rue, en somme partout où elle allait. Et que cela avait pris fin lorsqu'elle avait développé une espèce de surdité qui faisait qu'elle ne prêtait plus attention à personne, pas même à ceux qui l'aimaient, « enfin bon, eux, ils étaient bien cachés ». Mais que Santiago Galvache, en revanche, elle l'entendait très bien, au point qu'elle avait même reconnu sa voix. Qu'elle n'était jamais tombée amoureuse, ni n'avait eu le moindre coup de cœur, et que d'ailleurs ce n'était pas non plus ce qu'elle avait éprouvé en faisant la connaissance de Santi. « En fait, c'était comme si on avait toujours vécu ensemble et qu'après des années et des années d'éloignement, je le retrouvais. » « C'était incroyable parce que j'avais l'impression qu'elle avait toujours été avec moi. La seule chose, c'est qu'à ce moment-là j'ai pu mettre un visage et un corps sur elle », allait expliquer Santi. « C'était ce genre d'amour qui agit tel un lent poison, comme dit le tango », devait pour sa part commenter Pepe Galvache. Berta Soneira m'a expliqué qu'on ne trouvait cela dans aucun tango et que ce qui avait dû se passer, c'était que Galvache avait inventé cette phrase, mais comme il l'avait trouvée ridicule en l'entendant sortir de sa bouche, il l'avait attribuée à un tango.

« Parce que moi, j'ai écouté tous les tangos du monde et ça, ça ne vient pas d'un tango, peut-être d'une chanson pop, à la rigueur », a-t-elle dit avec le plus grand sérieux. Elle avait le don de se payer la tête des gens.

Une semaine après, personne ne se souvenait plus de l'époque où Mai Lavinia et Santiago Galvache n'étaient pas encore ensemble. Et comme tous les couples qui se forment d'une manière aussi surprenante, ils étaient tous les deux sur leur petit nuage, se mettant à l'écart pendant les soirées pour parler des heures ou bien rester silencieux ensemble à quelques mètres de nous, faisant penser à ces gens mariés depuis toujours qui descendent la promenade maritime pour s'asseoir à une terrasse côte à côte et passent l'après-midi à regarder la mer sans s'adresser la parole. Au fil du temps, ils en étaient venus à former un club privé auquel seule Yulia avait accès et qui demeurait interdit au reste d'entre nous, car ils savaient que l'incompréhension qui les entourait, le mystère sur lequel un tel amour s'était bâti, était précisément le meilleur des remparts. Il n'y avait rien à comprendre et personne n'était autorisé ne serait-ce qu'à prétendre s'y essayer. Leur relation était si profonde et intime qu'il était impossible de les imaginer séparément, inconcevable de les voir l'un dans un endroit et l'autre ailleurs, et c'est ainsi que lorsque Santiago Galvache était arrivé au village pour y passer tout l'été, Mai Lavinia avait demandé la note de la pension à l'issue des trois semaines qu'elle avait réservées, pris son sac de voyage et elle était partie pour Punta Faxilda avec la petite à bord de la voiture de Pepe Galvache. Ce jour-là, le 20 juin 1993, le FC Séville jouait sans Maradona, qui avait déjà un détective privé sur le dos et qui, le dimanche précédent, se voyant remplacé, avait crié à son entraîneur Carlos Salvador Bilardo « Va te faire foutre, fils de pute ! » ; c'est la dernière coupure de presse que j'ai en ma possession. Par la suite, elle avait continué à en amasser de son côté car sa collection, qui datait d'avant cela, ne devait être interrompue que pendant ces trois semaines où j'étais devenu le bénéficiaire des articles. J'avais compris qu'elle voyait cela comme un privilège lorsqu'en partant elle avait voulu me payer avec ça, et non avec de l'argent. « En fait, je n'ai pas assez », avait-elle dit. Ma mère lui avait fait grâce d'une semaine, et Santi avait pris en charge les deux autres. Il n'y aurait même pas eu de quoi régler une nuit. Deux jours plus tard, le chef de la police locale, Julio Sardinas, s'était présenté chez les Galvache car il voulait voir María Isabel Bernatellada Romero, âgée de seize ans, et il l'avait arrêtée. Personne n'avait compris ce qui s'était passé ni la raison de cette arrestation. Au point que Suso Miñoca avait émis l'hypothèse qu'ils étaient peut-être allés trop vite et que si ça se trouvait, sortir ensemble comme ils l'avaient fait, « c'était pas légal ».

7

Sardinas

Julio Sardinas avait été conseiller municipal avant d'entrer dans la police, ce qui faisait beaucoup parler au village sans que l'on sache très bien si c'était parce que, pour les habitants, être conseiller municipal c'était comme être ministre ou plutôt parce qu'ils considéraient le fait de siéger au conseil comme un passe-temps auquel s'adonnaient les policiers après leurs heures de service. Quoi qu'il en soit, Sardinas avait été un conseiller prodige, qui s'était retrouvé en charge du portefeuille des Fêtes et Jardins à vingt et un ans, « ce qui est scandaleusement jeune », devait-il reconnaître auprès de mon grand-père un jour qu'il discutait avec lui au Ranchito. Il y avait ensuite renoncé à vingt-sept, comme s'il prétendait par là assimiler le destin des conseillers des Fêtes et Jardins à celui des légendes du rock. Cette étape de sa vie l'avait durablement assombri et sa formule favorite, pour faire allusion à l'absence d'événements au village, était depuis lors « Xaxebe est une mare stagnante ».

C'était un homme roux paraissant plus petit qu'il ne l'était parce qu'il se tenait voûté comme s'il n'arrivait jamais à se redresser tout à fait. Il avait un air fuyant empreint d'une étrange tristesse, avec un nez saillant et pointu surplombant une minuscule bouche en cul-de-poule, ainsi que le cheveu rare, mais comme il était toujours par monts et par vaux, son crâne se retrouvait en permanence exposé au soleil et, à force de rougir, on ne distinguait plus la calvitie naissante de la chevelure. Par-delà son apparence singulière qui ne respirait pas la joie, c'était un type bien et aussi terriblement caustique. Le jour de la disparition de Yulia Lavinia, je me souviens qu'il était arrivé dans sa propre voiture, contrairement aux autres policiers, et comme il était aussi arrivé le premier, et qu'il nous avait tous découverts en tenue de gala dans une atmosphère de fête, au milieu des ballons et des serpentins, avec le DJ qui récupérait ses affaires dans la cabine, il avait posé une question qui devait rester gravée à jamais dans l'imaginaire du village : « C'est bien ici ? »

— Ce n'est pas dans ce genre de décor qu'on s'attendrait à voir une petite fille se faire enlever, allait-il commenter un quart de siècle plus tard, devant la caméra.

— Selon vous, ce n'était pas réglementaire de l'enlever à cet endroit-là ? La personne n'avait pas l'autorisation nécessaire ? Ce que vous voulez dire, c'est que ça pourrait invalider l'enlèvement ?

Berta Soneira s'est allumé une cigarette. Julio Sardinas était la quatrième personne que nous interviewions.

— Non, non, ce que je veux dire c'est que ça peut paraître anormal de partir enquêter sur la disparition d'une petite fille et de se retrouver face à des gens qui se marient. Dans ces cas-là, on a plutôt l'habitude que ce soit les mariés qui se volatilisent.

— Qu'avez-vous pensé lorsque vous avez reçu l'appel ?

— Que les gens de ce village étaient cinglés, mais ça je le pensais déjà bien avant. Donc j'ai cru à une mauvaise farce. Sans savoir si cette farce était adressée à la mariée, ce qui aurait été un peu bizarre, ou alors à moi, et dans ce cas j'aurais peut-être dû en descendre deux au hasard dans le tas, je dis deux parce que c'était le nombre d'heures qui me restaient en principe à dormir.

— Vous n'avez pas franchement l'air de quelqu'un qui se met à tirer comme ça sur les autres.

— Je n'ai pas de pistolet, pour vous dire la vérité. En fait, je ne saurais pas m'en servir, c'est la politique de la mairie. On se trimballe avec des menottes. À certains moments, j'ai pensé que j'allais devoir cogner avec directement.

— C'est bizarre, vu le nombre de voix que votre maire se met dans la poche aux enterrements.

— Oui, mais ça la ficherait mal qu'il les ait sur la conscience, ces morts. Ça lui ferait beaucoup gagner en popularité, c'est sûr, mais bon ça fait mauvais genre.

Nous tournions cette fois à O Con, un site montagneux d'où on avait une vue panoramique en surplomb du village, ce qui rendait Sardinas nerveux parce qu'il se disait qu'étant dans la police, ça pouvait donner l'impression qu'il se prenait pour une sorte de Batman de Xaxebe.

— Je vais être honnête. Alors oui, j'ai été le premier sur les lieux et j'ai pris en charge le début de l'enquête. J'ai recueilli les déclarations des uns et des autres, y compris de ce jeune homme – il m'a désigné –, mais moi, enquêter, ce n'est pas mon cœur de métier. Si on m'indique où se trouve le coupable, je suis capable d'aller sur place et de l'arrêter, mais au quotidien mes fonctions sont plus prosaïques. Je régule la circulation au carrefour de la Santiña, vous pouvez m'y trouver tous les matins à l'entrée et à la sortie de l'école. Si j'apercevais Madeleine McCann, vous voyez, cette petite Anglaise qui a disparu à la fin des années 2000, la première chose que je ferais, c'est arrêter une voiture pour qu'elle puisse traverser.

— On sait déjà que l'enquête a été menée depuis Madrid.

— Vous savez aussi par qui, on en a parlé dans la presse à plusieurs reprises. Je n'ai aucune idée de ce qu'ils sont devenus aujourd'hui mais ça doit être facile de les localiser, leur spécialité, c'est les disparitions. Imaginez qu'on n'arrive pas à les retrouver eux, ce serait un comble.

Julio Sardinas a bu une petite gorgée de thé. C'était la seule personne de ma connaissance à boire du thé, et probablement la seule dans cette partie du monde qui en buvait et en plus savait vraiment ce que c'était. Mais il avait apporté du thé dans un thermos et il fallait respecter ce choix. Il avalait de minuscules gorgées de souris, s'humectant brièvement la bouche, et en gardait les lèvres luisantes.

— J'ai fait la connaissance de Mai Lavinia alors qu'elle sortait déjà avec le fils de Galvache, même si je crois que ça faisait peu de temps qu'ils étaient ensemble. J'ai appris à la connaître en l'arrêtant, parce que cette fille-là, je l'ai vue quatre fois en un an et les quatre fois c'était pour l'arrêter, si vous voyez ce que je veux dire. Si j'avais dû l'arrêter encore une ou deux fois, je crois bien que je serais tombé amoureux d'elle – il a eu un rire mécanique, comme forcé par son propre humour. Quand ce n'était pas moi, c'était un collègue, mais je me manifestais toujours parce que Pepe Galvache c'est un très bon ami, et pour les petits délits, les amis, on les aide.

Il a marqué une pause un peu pesante et, alors qu'il semblait sur le point de faire une révélation dramatique sur les corps qu'il aurait aidé Pepe Galvache à enterrer dans le désert du Nevada pour dissimuler une tuerie de masse, il a avalé une nouvelle gorgée de thé.

— Vous savez comment on a découvert ce truc ? a-t-il demandé.

— Eh bien non, à vrai dire. Racontez-nous.

— Je demandais au cas où, moi je n'en ai pas la moindre idée.

— C'était un empereur chinois. – Samu a laissé s'écouler quelques secondes avant de poursuivre –. Apparemment, à l'époque, il fallait faire bouillir l'eau avant de la boire, et un jour, alors que cet empereur était sous un arbre à thé, une feuille est tombée dans son breuvage. « Une légère brise d'été » – je l'écoutais avec étonnement, les gens en savent des choses, jusqu'à ce que cette phrase retienne mon attention car, non content de nous instruire, il s'enhardissait à le faire en poésie, mais quand j'ai levé les yeux, j'ai découvert qu'il était en train de lire tout cela sur son téléphone portable.

— Il a trouvé ça bon, alors.

— Pour ce qu'on en sait, oui, c'était il y a plus de deux mille cinq cents ans.

— Et voilà, a soupiré Sardinas, une petite feuille d'arbre à thé se détache de sa branche, tombe dans l'eau et à dix mille kilomètres de là, deux mille cinq cents ans plus tard, un agent de police local en boit.

— Ou plutôt, il s'en pourlèche.

— Le thé est une philosophie, jeune fille.

— Ça c'est bien vrai, je connais des philosophies qui tiennent dans une tasse.

— Lesquelles ?

Samu s'est rebiffé, offensé.

— Cherche sur ton portable. Tape « Berta Soneira + philosophies + déteste ».

La première fois que Julio Sardinas avait rencontré Mai Lavinia ne correspondait cependant pas à la première fois qu'il l'avait arrêtée, mais plutôt à la première fois où elle avait demandé que l'on arrête quelqu'un. Cela avait eu lieu à la suite de la nuit où, noyée dans ses larmes, elle avait raconté à la pension que sa fille avait été enlevée alors qu'en fait la petite dormait juste à côté. Le lendemain matin, elle avait déboulé dans les bureaux de la police locale de Xaxebe et un agent avait enregistré sa plainte : un homme avait essayé de kidnapper sa fille, Yulia. L'agent avait jugé que c'était un crime suffisamment grave dans ce village paisible pour en avertir Sardinas. « Elle m'a paru vraiment très jeune pour avoir une gamine aussi grande, qui marchait déjà. Avec beaucoup d'allure, dans le genre très tendance. Et pour les yeux ? Sombres comme des pierres. Elle s'est assise et a commencé à me raconter une histoire sans queue ni tête : un type les harcelait, elle et sa fille, depuis un bout de temps, c'est pour ça qu'elle avait atterri là. C'était un type qui traînait souvent avec les hippies à Mar de Fóra, un lieu de pèlerinage pour les créateurs, les gens en vadrouille et les artistes, vous voyez ce que je veux dire, les hippies, quoi », a déclaré Sardinas. À en croire la déposition de Mai, l'homme avait profité de sa confiance pour s'entretenir avec elle dans sa chambre, et à un moment donné, il avait pris la petite fille endormie, l'avait mise dans sa poussette et l'avait emmenée. Elle ne l'en avait pas empêché, disait-elle, parce qu'elle craignait qu'il ne lui fasse du mal. Elle était restée là, pleurant de façon inconsolable avant de se mettre aussi à crier, jusqu'à réveiller celui qui dormait dans la chambre d'à côté. « Je lui ai demandé ce que la petite fille faisait là avec elle, pendant qu'elle témoignait, si elle avait été enlevée, et elle a rétorqué que l'homme était revenu ce même soir et l'avait laissée là où on l'avait retrouvée. » Sardinas a soupiré en nous regardant, les lèvres humectées de thé. « Je lui ai aussi demandé pourquoi cet homme aurait enlevé sa fille, et elle m'a dit qu'il voulait la lui prendre. J'ai alors voulu savoir si c'était le père de la petite, ou quelqu'un qu'elle connaissait, si elle pouvait me le décrire, et elle m'a répondu que non, ce n'était pas le père de la petite, mais que c'était un homme qu'elle aimait et qu'elle ne voulait pas lui faire de mal. » Du coup, il avait mis les faits à plat pour son interlocutrice : « Vous venez accuser un homme que vous aimez d'avoir pris votre fille et de vous l'avoir rendue, et vous ne voulez pas lui faire de mal. » Mai avait alors expliqué que si l'homme était revenu avec la petite fille et l'avait laissée dans sa chambre, c'était parce que lui non plus ne voulait pas lui faire de mal à elle, Mai (« au fond, il m'aime, il m'aime beaucoup »). Sardinas, agacé, lui avait donc demandé ce qu'elle faisait au juste ce matin-là au commissariat et ce qu'elle attendait de lui dans ces circonstances. « Je me souviens bien de ce qu'elle m'a dit parce qu'elle l'a dit d'une voix à vous glacer les sangs, et pourtant à ce moment-là j'étais à deux doigts de l'attraper par les cheveux pour la traîner hors de mon bureau. "Je ne veux simplement pas que ça se reproduise", voilà ce qu'elle a dit. » Il lui avait demandé sa carte d'identité, avait pris ses coordonnées, formalisé la plainte la plus étrange jamais déposée à Xaxebe et, trois semaines plus tard, l'affaire avait refait surface : la carte d'identité de Mai était fausse, le nom et la date de naissance n'étaient pas les siens, si bien que l'arrestation de la jeune fille s'imposait pour éclaircir l'affaire. Celui dont le passé se dérobe sous ses pieds ne sait jamais où l'entraînera son prochain pas, s'il sera en mesure de le faire ou si on le fera pour lui. Lorsque le journaliste spécialisé dans les faits divers Mago Sampedro, mon copain Mago, était passé faire sa tournée des bureaux de la police locale, Sardinas lui avait parlé de l'affaire : « Rien de bien passionnant mais la fille qui sort avec le gamin de Galvache a des faux papiers, va savoir pourquoi. — Putain, c'est bizarre. — On dirait qu'il y a quelque chose qui ne tourne pas rond dans la tête de cette fille, ou en tout cas que quelque chose cloche chez elle, je ne sais pas quoi, mais quelque chose cloche. — Et qui se fait faire de faux papiers ? D'ailleurs, comment est-ce que tu as flairé ça ? — Je n'ai rien flairé du tout, Mago, c'est cette fille qui est venue me raconter une histoire comme quoi on avait emporté sa petite une nuit, mais qu'ensuite on la lui avait ramenée comme si de rien n'était. Un type qui soi-disant l'aime et ne veut pas lui faire de mal, mais qui cherche à emmener la gamine. J'ai mis un peu de temps à l'arrêter. » Sampedro lui avait alors demandé à quand cela remontait, et Sardinas lui avait répondu que ce devait être le 31 mai car la plainte, elle, datait du 1er juin. C'était justement ce même soir que Sampedro avait fait la connaissance de Mai, devait-il se souvenir, parce qu'il était au Ranchito en train de boire un coup quand nous étions passés par là, elle et moi, et que je la lui avais présentée, après quoi il était resté assis là encore plusieurs heures, près du port, à humer l'odeur de l'Atlantique tout en buvant du gin, ce dont il se souvenait parfaitement, devait-il dire à Sardinas, parce qu'un peu plus tard la même petite fille endormie était repassée au même endroit dans la même poussette, que faisait cette fois rouler un homme qu'il n'avait jamais vu auparavant et qui chantait une berceuse en marchant d'un pas tranquille, sans avoir l'air de fuir qui que ce soit, ce qui lui avait laissé penser qu'il s'agissait du père, même s'il s'était dit qu'il avait l'air trop vieux pour ça, peut-être en comparaison avec la mère qui, elle, était très jeune : les femmes très jeunes font toujours paraître les hommes très vieux. Et Julio Sardinas avait commencé à soupçonner à ce moment-là que Xaxebe était une mare stagnante dans laquelle était venue s'échouer une baleine dont le squelette allait hanter l'endroit pendant une éternité, assez longtemps en tout cas pour qu'une histoire effroyable devienne un conte pour enfants.

8

Girón

Le fameux jour où la police s'était présentée chez les Galvache, Lola avait ouvert la porte avant de se mettre à crier comme si c'étaient des Témoins de Jéhovah, et Mai avait descendu l'escalier en sautillant lorsqu'elle avait compris que c'était elle qu'ils voulaient voir. « C'est à cause de ma plainte ? Laissez tomber, tout s'est arrangé. Cet homme ne s'approchera plus de ma fille, c'est quelqu'un de bien. Un saint ! » avait-elle dit en adressant un immense sourire à Sardinas. Mais le policier l'avait détrompée. « C'est pour vous que nous sommes là, nous avons constaté que vous utilisiez une carte d'identité falsifiée. » Pepe Galvache s'était interposé, affirmant que ce n'était qu'une « gaminerie », et que ce n'était pas comme si elle s'était fait faire une fausse carte de crédit. Sardinas était tant bien que mal resté droit dans ses bottes : « Je dois l'emmener au commissariat pour l'interroger, Pepe. » Galvache avait alors sorti sa formule favorite (« Mais quel besoin... ») avant d'alimenter sans conviction une de ces conversations qui ne mènent nulle part mais que l'on entretient pour sauver les apparences. Il suivait à cette époque certaines normes sociales bien arrêtées dans lesquelles le qu'en-dira-t-on jouait un rôle important.

— On va faire jaser dans tout le village, avait-il dit à Santi, alors qu'il était au volant. Je ne te demande même pas de sortir avec une fille de bonne famille ou qui a de l'argent, mais bon sang, ce serait bien qu'au moins elle ait un nom.

La file de voitures qui était partie de Punta Faxilda pour le commissariat tenait du cortège, suivie du regard par les couples penchés à leurs fenêtres, les clients sortis à la porte des bars, et même les agents postés à chaque carrefour pour ouvrir le passage à la voiture de police, comme si elle transportait le mythique criminel El Lute. Malgré la cohue, ou précisément pour cette raison, Mai était aux anges. Feignant d'avoir une jambe convalescente, elle avait exigé de pouvoir la garder allongée dans la voiture, si bien qu'elle s'était installée sur la banquette arrière et était allée jusqu'à la maintenir bien tendue par la vitre baissée, même si on ne l'avait pas autorisée à y nouer un foulard rouge comme elle comptait le faire au départ. Derrière eux, venait Pepe Galvache au volant de sa Mercedes qui nous transportait tous les deux, Santi et moi (je me souviens que la radio était réglée sur Los 40 Principales). Suivaient encore deux autres véhicules, puis un dernier avec, à son bord, le maire Girón, que Pepe Galvache avait fait appeler au milieu du tumulte. C'est l'agent Sardinas qui devait le mieux résumer ce qui s'était passé ce jour-là lorsque, une demi-heure après avoir sonné à la porte et déjà entouré de tout un tas de gens, il avait lancé, révélant une passion qu'il n'avait encore jamais rendue publique : « On dirait Graceland le jour de la mort du King. »

Nous avions attendu le retour de Mai à l'extérieur du

commissariat, et Pepe Galvache était resté un peu plus longtemps pour pouvoir s'entretenir avec Sardinas et tenter de savoir de quoi il retournait exactement. Un truc que Pepe n'a pas fait à l'époque et qu'il n'a d'ailleurs jamais fait, c'est soupçonner Mai, se faire les pires films à son sujet, ou encore scruter ses moindres faits et gestes, ce qu'en vérité n'importe quel père aurait pu faire. Pepe Galvache n'était pas ce genre de père envahissant, sans être pour autant de ceux qui se montrent indifférents à tout. Son attitude ne tenait pas tant à son caractère qu'à Mai Lavinia elle-même, et à l'étonnante facilité avec laquelle elle avait su trouver sa place à Punta Faxilda, et parmi nous, ses nouveaux copains. Mai n'était pas en marge, elle n'était pas l'excentrique du village ni quelqu'un susceptible d'être montré du doigt, mis à l'écart, harcelé ou catalogué. Telle est la vérité, même si cela peut sembler étrange à beaucoup, même si le temps s'est chargé de déformer les souvenirs jusqu'à projeter une figure fascinante de Mai évoluant à travers le monde suivant ses propres règles. Ce n'était pas ainsi, ça ne l'a jamais été. Les gens ne se sont écartés d'elle qu'à sa mort ; même après la disparition de Yulia, elle attirait encore intérêt et compassion.

Au commissariat, Mai s'était accrochée à sa carte d'identité : « Elle nous a dit qu'elle n'aimait pas son nom et que c'était pour ça qu'elle s'en était fait faire une nouvelle, a déclaré Sardinas, et elle a ajouté qu'il n'y avait pas moyen qu'elle s'appelle María Isabel, que c'était le nom de sa grand-mère. On lui a expliqué que beaucoup de gens changent de nom, sans aller jusqu'à détenir des faux papiers. Elle nous a alors raconté que dans un foyer d'accueil elle était devenue copine avec un type qui en connaissait un autre qui était spécialisé dans ce genre de chose, du coup elle avait trouvé ça amusant de s'en faire faire une. Sans compter qu'elle n'avait pas très envie qu'on puisse suivre sa trace. » On lui avait alors signifié qu'elle pouvait se faire appeler Mai Lavinia, signer Mai Lavinia et même écrire Mai Lavinia sur certains papiers, mais qu'officiellement ce n'était pas son nom et que la procédure administrative pour en changer se révélait très compliquée. « Compliquée, vraiment ? » avait-elle dit. Assise dans le bureau de Sardinas, face à cet homme qui lui semblait terriblement insipide, Mai avait alors pris un marqueur noir et l'avait porté à son front, où elle avait écrit : « SANTI ». Et elle avait refranchi les portes du commissariat, où nous l'attendions tous. Pepe Galvache était tellement dépassé par la situation qu'il s'était écrié : « Mais qui t'a fait ça ? »

Il est probable que le perspicace Sardinas se soit mis à boire du thé après avoir rencontré Mai Lavinia. « Il y a un truc que je lui enviais beaucoup, a-t-il dit dans le documentaire. Moi, si je voulais trouver quelqu'un qui puisse me faire une fausse carte d'identité, je ne saurais pas où le chercher, pardonnez ma grossièreté, dans la putain de vraie vie. Et pourtant, vu que je suis dans la police, je devrais connaître quelques malfrats. Mais non. Non seulement je ne sais pas comment ça se passe, mais je ne saurais même pas par quel bout prendre le truc. Un exemple : je n'ai pas d'arme et je n'ai aucune idée de la manière de m'en procurer une, illégalement ça va sans dire, mais même légalement. Je ne me suis jamais fait tirer dessus non plus, et je ne sais pas ce qu'il faut faire pour que ça arrive. Cette fille-là, elle avait seize ans, une fausse identité et trois traces de balles dans le dos. » Pinçant les lèvres et fronçant les sourcils, Sardinas s'est souvenu avec une mélancolie qui lui venait du cœur : « J’ai dû lui passer les menottes une fois et, comment dire, j’ai eu l’impression d’être dans un film. »

— C’est drôle, devait raconter pour sa part le vieux Galvache, parce que jusqu’à ce qu’ils viennent chercher Mai, moi, je marchais sur des œufs. J’étais dépassé par cette fille, et je ne savais absolument pas comment me comporter devant elle ou devant les deux lorsqu’ils étaient ensemble. Mais quand ils l’ont « touchée », ils ont touché quelque chose en moi. Punta Faxilda c’est chez moi, et à l’intérieur c’est ma responsabilité, ma famille. Du coup, je me suis un peu énervé, mais pas trop non plus, parce que je ne voulais pas que la police se braque et que les gens commencent à dire que j’avais fait ceci ou cela.

— Qu’est-ce que vous entendez par « ceci ou cela » ?

— L’argent, tu vois ce que je veux dire. J’étais ami avec le maire, j’étais ami avec la police. Et les amitiés des gens comme moi ne sont jamais tout à fait innocentes aux yeux des autres.

— Et en l’occurrence elles l’étaient ?

— Non, innocentes, je ne dirais pas ça non plus. Je rendais service au village, je donnais de l’argent pour les fêtes et je soutenais les Girón ; ce que je veux dire par là, c’est que si le camion de la fourrière avait enlevé ma voiture, j’aurais pété ses vitres. Mais tout ça, ça reste tacite, il n’y a pas besoin de le faire et d’ailleurs, je ne le ferais jamais : il suffit qu’on sache que je suis capable de le faire. Moi, je suis un gars du village, mes parents sont d’ici, mes grands-parents sont d’ici. J’ai fait fortune et ça va de soi que si je rends service au village, le village ne vient pas me casser les couilles, pas vrai ? Le tout c’est de savoir si je fais quelque chose pour qu’on me les casse. Eh bien non. Je me gare à ma place, je respecte les règles, je ne fais pas le con, ce qui n'est pas rien dans un patelin comme celui-ci. Moi, ça me suffit de savoir que je pourrais prendre certaines libertés, mais pour d'autres ce n'est pas suffisant, ils ont besoin de vérifier.

— J'ai l'impression, lui a dit Berta Soneira, que vous étiez mal à l'aise avec Mai parce qu'elle ne vous devait rien, et que si vous vous êtes impliqué, c'est parce que, pour la première fois, vous avez vu une occasion de lui rendre service.

Pepe Galvache a froncé ses énormes sourcils en acquiesçant :

— Peut-être bien, peut-être bien. Mais « devoir », c'est un mot très fort, je ne veux pas que les gens me doivent quelque chose, même si j'ai l'habitude de rendre service, ça c'est vrai.

Puis il a développé :

— Écoute, c'était une gamine. On croyait qu'elle avait dix-huit ans, mais en fait elle en avait seize. Il fallait la voir. C'était une gamine, bon sang. Elle n'était pas du tout mûre. Et elle avait une fille de deux ans. Et on ne savait rien de ses parents. Si je me suis impliqué, c'est d'abord parce qu'elle était seule, qu'elle n'avait personne, mais à partir de ce jour-là, ç'a surtout été parce que toute cette histoire n'était pas normale. On avait beau essayer de faire comme si ça l'était, ça ne l'était pas.

Berta Soneira a demandé :

— À quoi faites-vous référence ?

Pepe Galvache s'est tortillé avant d'expliquer qu'il avait cherché à en savoir un peu plus sur elle.

— Elle ne pouvait pas être tombée du ciel, a-t-il résumé.

— Et vous avez découvert un truc ?

— Pas grand-chose, que ses parents avaient passé un

moment avec elle dans le coin, à Mar de Fóra, quand elle était petite. Pas grand-chose, mais ça suffisait. Mon fils était heureux, ça suffisait. Ceux-là aussi – il m'a soudain désigné –, et ça suffisait, tout le monde allait bien, et il fallait que ça continue. Voilà, c'est tout. Moi, aller remuer comme ça des trucs qui se sont passés il y a si longtemps, je ne vois pas l'intérêt. Ce n'est bon pour personne, personne. Les choses se sont passées comme elles se sont passées. Si en fait elles ne se sont pas passées comme on le pense et qu'on ne peut plus rien y faire, est-ce qu'on a envie de le savoir ?

Galvache s'est allumé une cigarette.

— On peut fumer quand ça tourne ?

Berta Soneira a dit « bien sûr ».

— Toi, tu as quelqu'un, un petit copain ? a-t-il demandé.

— Je suis goudou.

— Qu'est-ce que c'est que ça ?

— Ça veut dire que j'aime les filles. Enfin, j'essaie de les aimer – cet accès de sincérité un peu bébête de la part de Berta Soneira, parfaitement sobre, m'a bien fait rire.

— Bon, et donc en admettant que tu finisses par les aimer et que tu sortes avec l'une d'elles, tu voudrais savoir si elle te trompe ?

— Si elle aussi elle veut savoir si moi je la trompe, alors oui.

Soneira a souri en regardant par terre. Je l'ai soudain trouvée vraiment belle. Elle portait un pull torsadé et un jean très ample, les cheveux attachés en chignon. Avec d'immenses lunettes rappelant celles des hôtesses du jeu télévisé culte *Un, dos, tres*. Elle-même ne croyait pas une seconde qu'elle allait se mettre un jour à aimer les femmes. Je le lui ai dit, sur le mode de la plaisanterie, ce midi-là au déjeuner. Elle a rétorqué que ma remarque était une « pieuse vérité », et m'a laissé méditer là-dessus en silence pendant tout le repas.

Ce qui est sûr, c'est que Pepe Galvache adorait Mai Lavinia pour cette raison qui fait que les parents adorent les partenaires de leurs enfants : ils les rendent plus dociles, plus malléables, ils les rapprochent de ce qu'on appelle une vie exemplaire et qui commence par une injonction destructrice – se ranger. C'est ce qu'a suggéré Berta Soneira à Galvache, qui l'a volontiers reconnu, tout en tenant à préciser que son fils Santi avait toujours été un gentil garçon. « Je n'aime pas cette idée d'avoir du respect pour celui qui partage la vie d'une personne juste parce qu'il la rend heureuse ; parce que si on va par là, tuer quelqu'un peut aussi te rendre heureux. Mais pour un type bien comme mon fils aîné (il a insisté sur le "aîné", dans l'enregistrement on l'entend de façon très nette, par opposition aux plus jeunes), tomber amoureux d'une fille aussi spéciale que Mai, ça l'a rendu encore plus discipliné, plus soucieux de bien faire. Plus responsable ? Oui, plus responsable. Comme s'il était complet, comme si plus rien ne lui manquait. »

Ceux qui ont des faux papiers, sont-ils en fuite ou est-ce que ce sont eux qui poursuivent quelqu'un ? La question a été lancée en passant par Francisco Girón le jour où nous l'avons interviewé. Il a demandé à être filmé dans son bureau de la mairie. Lorsqu'il en est arrivé à l'arrestation de Mai, il a dit que Galvache l'avait appelé ce jour-là parce que la police était chez lui, et qu'il était venu sur place « pour essayer de comprendre ce qui se passait ». Ce n'était pas la première fois qu'il l'appelait, a-t-il précisé. Il lui avait déjà téléphoné quelques jours auparavant pour lui demander si par hasard il n'y avait pas eu récemment des coups de feu dans la région. « Pepe voit trop de films italiens, a dit Girón. D'Italie du Sud », a-t-il ajouté avec un clin d'œil. Berta Soneira l'a questionné sur les traces de plombs que Mai avait dans le dos et il a répondu qu'il avait eu vent des rumeurs venant de la plage, même si lui n'y allait jamais parce que sa peau ne supportait pas le soleil. Mais à sa connaissance il n'y avait pas eu de fusillade dans le coin, et d'après ce qu'on lui avait rapporté, les cicatrices en question semblaient assez anciennes. « Ah, alors si ça se trouve, c'est qu'on lui a tiré dessus quand elle avait un an », l'a coupé Soneira.

Francisco Girón y Girón a aussi déclaré qu'il se souvenait à peine du jour où ils s'étaient tous retrouvés au commissariat, ne se rappelant à vrai dire « rien de rien ou presque » des deux années que Mai Lavinia avait passées à Xaxebe, ce qui a surpris Soneira. Le prenant particulièrement de haut, à moins qu'elle ne soit juste désespérée par ses trous de mémoire, elle lui a rappelé que le jour du mariage il était maire depuis un an, et qu'en l'espace de quinze mois une petite fille avait disparu avant que sa mère ne se suicide.

— Vingt-cinq ans se sont écoulés depuis, s'est-il rebiffé, et je suis toujours maire.

— Mais votre village c'est quoi au juste, Macondo ?

— Inutile de nous attaquer. C'est un village tranquille, mais cela ne veut pas dire qu'il ne s'y passe rien.

— Je n'attaque pas le village, au contraire. C'est agréable de vivre ici, il ne se passe jamais rien de mal. D'ailleurs, le chef de la police s'ennuie tellement que ça ne lui déplairait pas qu'on lui mette quelques balles dans le dos.

— J'ignore tout des préférences sexuelles du chef de

la police, ce que je dis, c'est que ce village est un village touristique, beaucoup de monde vient ici en été, il y a de l'animation, et c'est clairement un village sûr, mais ce n'est pas pour autant un village ennuyeux. Ne confondez pas la paix avec l'ennui, ça risquerait de vous jouer des tours.

— Et vous, ne confondez pas l'oubli et les problèmes de mémoire, ce sont deux choses bien distinctes.

Girón, crispé, agitait un stylo-bille entre ses doigts.

— Vous, a-t-il dit, ce qui vous intéresse, c'est vraiment le fait exact, le détail précis.

— Non, ce qui m'intéresse vraiment, ce sont les souvenirs que vous gardez de ces faits exacts et de ces détails précis.

— Comme par exemple ?

Berta Soneira a pris le temps de réfléchir une seconde. Elle avait l'air nerveuse et se mordait l'intérieur de la joue, une mimique que je ne l'avais jamais vu faire auparavant. Soudain, j'ai eu de la peine pour elle, ce genre de peine que l'on ressent pour quelqu'un qui nous a toujours paru très dur, très cynique, et qui révèle un instant sa faiblesse. Voilà qu'elle avait rejoint le rang de ces grands gaillards humiliés, de ces petits malins qui écrasent les autres en permanence jusqu'au jour où on leur rabat le caquet, de ceux qui se la racontent avant de se faire botter le cul, de ces beaux gosses fatigués de choper qui se font rafler la fille qui leur plaît le plus par un moche.

— Est-ce que Pepe Galvache vous a dit que Mai avait des cicatrices dans le dos ? a-t-elle demandé au maire Girón.

— Non, il a juste voulu savoir s'il y avait eu des coups de feu. Mais j'ai compris où il voulait en venir car on m'avait déjà raconté qu'elle avait été vue sur la plage avec ces impacts. Enfin, moi, qu'est-ce que j'en sais de tout ça…

— Quand Mai est allée au commissariat, le chef de la police ne l'a pas interrogée sur ces cicatrices ?

— Non, il ne lui a pas posé de questions là-dessus.

Soneira a haussé les sourcils et est revenue à la charge :

— Le jour où Mai Lavinia a été arrêtée pour détention de faux papiers, l'homme qui avait tenté d'enlever sa fille est venu au commissariat, a-t-elle déclaré en fixant une feuille blanche, comme si cela la gênait de le savoir. Je suis certaine que vous ne l'avez pas vu, parce qu'il a préféré rôder aux alentours sans se faire remarquer, mais vous le connaissiez, ça oui.

Girón a eu un air étonné mais sans se démonter.

— Je me souviens de cet épisode, a-t-il bredouillé. Une plainte comme quoi quelqu'un avait enlevé la petite, mais elle a dit elle-même par la suite que c'était un mensonge, non ?

— Pas exactement, a rectifié Soneira. Ce qu'elle a dit, c'est que ça avait été bête de le dénoncer vu que c'était quelqu'un qu'elle aimait, qui l'aimait aussi, et qui voulait le meilleur pour Yulia Lavinia.

— Voilà, je crois que c'est ça. Mais vous dites que moi, je connaissais cet homme ?

— Bien sûr que vous le connaissiez. Et figurez-vous que c'est par vous que je l'ai compris.

Girón l'a fixée avec une sincère curiosité. Il faisait froid dans la pièce et on aurait dit une statue de cire derrière son immense bureau encadré de deux drapeaux, celui de l'Espagne et celui de la Galice. Il a appuyé les avant-bras sur la table et prononcé une phrase que seul un maire peut bien prononcer, le genre de phrase qui donne tout son sens à sa fonction : « Alors dites-moi. »

Berta Soneira a sorti d'une chemise plusieurs feuilles

retenues par un trombone, qui se sont révélées être des photocopies de vieilles coupures de presse, et elle les a déposées sur le bureau. Francisco Girón a jeté un coup d'œil en coin à la caméra, pour vérifier si elle enregistrait encore, et, comme le voyant rouge était toujours allumé, il a essayé de se donner un air avantageux pour lire, assemblant une paire de petites lunettes à clipser qui pendait, en deux parties, à son cou. Soneira a maintenu la caméra allumée, Samu à ses côtés, attentif comme un hibou. Girón a lu plusieurs brèves à voix haute, provenant pour la plupart du journal local pour lequel je travaillais. Elles dataient de la fin des années 1980. Des articles on ne peut plus ennuyeux sur des réunions entre la commune de Xaxebe, dont Máximo Girón y Girón, le père de Francisco, était alors maire, et une association de gens installés à Mar de Fóra, un collectif qui, d'après les journaux, s'était organisé à la va-vite pour défendre ses droits. Quels droits ? Ceux de camper et de vivre là, de se réunir en communautés, de fabriquer des bracelets et des colliers pour les vendre dans la région. Girón a tendu un doigt extrêmement long et velu, le plus long et le plus velu qu'il avait, comme s'il voulait qu'il figure en bonne place dans le documentaire, et il a pointé un nom sur la page du journal, Ricardo Bernatellada, ainsi qu'une photo, celle de Bernatellada en personne aux côtés du maire de Xaxebe. « Alors oui, maintenant, je vois », a-t-il murmuré. Un grand costaud, Bernatellada, très brun, un Gitan peut-être, dont l'article disait que, comme quatre ou cinq familles, il vivait dans des caravanes sur « la plage sauvage connue sous le nom de Mar de Fóra ».

9

Yulia

Mar de Fóra était une plage où il nous était interdit d'aller enfants. Mon grand-père précisait « strictement interdit », le seul adverbe en « -ment » dont je me souvienne dans sa bouche, et depuis, chaque fois que j'entends ce mot, cela me fait penser à lui et à cette plage. Je n'y suis allé que deux fois, l'une avec Mai Lavinia et l'autre avec Berta Soneira ; la première à dix-neuf ans et la seconde à quarante-quatre. Elle n'avait absolument pas changé, car les plages vieillissent moins vite que les forêts. L'interdiction d'aller à Mar de Fóra quand j'étais jeune ne tenait pas aux gens qui allaient et venaient là en fonction des saisons, et avec lesquels nous, les habitants du village, n'avions pas de mauvaises relations, mais à la nature. Mon grand-père disait aussi que la nature était toujours pire que l'homme, elle tuait infiniment plus, et il disait cela en connaissance de cause. Il n'a pas eu l'occasion d'en entendre parler, mais il aurait été choqué d'apprendre l'histoire de cette famille venant de Valdoviño, à cent cinquante kilomètres de Xaxebe, qui le jour des Rois de l'année 2014 s'était rendue face à l'Atlantique pour honorer la mémoire d'un parent décédé un mois auparavant. Là, ils avaient jeté les cendres à la mer et, alors qu'ils étaient tous les quatre réunis près du phare, celle-ci s'était brisée sans qu'on puisse s'y attendre sur soixante-dix mètres de hauteur et les avait emportés avec elle ; seule une des filles avait survécu en s'agrippant aux rochers.

Plus de bateaux ont sombré près de chez nous que sur toutes les côtes d'Espagne réunies. Il y a eu des naufrages depuis que l'homme a mis la première planche à l'eau ; toutes sortes d'embarcations et autres bâtiments en ont été victimes (navires romains, galions, voiliers, sous-marins, bateaux de pêche, frégates, navires de marines étrangères, marchands ou pétroliers), si bien que ces eaux recèlent des milliers d'ossements, de trésors et d'épaves engloutis depuis la nuit des temps. Le livre sur la Costa da Morte que Soneira n'a pas lâché de tout le tournage rapporte l'origine du nom de la côte. C'est l'écrivaine voyageuse Annette Meakin qui, frappée par la quantité de nouvelles faisant référence dans la presse anglaise aussi bien que madrilène à des naufrages dans la zone, a raconté dans un ouvrage que les marins de son pays, contraints d'emprunter cette route maritime pour se rendre en Amérique ou en Asie, la surnommaient Coast of Death. « C'est ici que les vagues furieuses, enflant comme le levain, viennent se briser sur des rochers à demi immergés et, atteignant une hauteur fabuleuse, retombent sur eux dans un bruit de tonnerre, même par le temps le plus calme. C'est ici que les cadavres d'infortunés pêcheurs sont si fréquemment rejetés sur la rive que les journaux locaux relatent l'événement sans le commenter ou presque », écrivait-elle en 1909.

Dans la presse locale, nous glosons aujourd'hui plus volontiers les faits qu'il y a un siècle, pourtant aucun de ces commentaires n'est plus fort que le silence. Le premier naufrage que j'ai couvert en tant que journaliste remonte à 1996. J'avais alors vingt-deux ans et Adolfo Mago Sampedro m'avait réveillé pour que je me rende au cap Fisterra à la suite de la disparition d'une embarcation de sept mètres appelée *Planeta*, qui avait pris la mer la veille, soit le 9 avril, fête du Saint Christ de Fisterra. Lorsqu'il appelait de la rédaction, Sampedro baissait la voix parce que c'était la glorieuse époque où le journal était dirigé par José Antonio Ventín, l'homme qui exécrait tellement l'actualité et ses nouvelles qu'il nous ordonnait d'éteindre radios et télévisions de peur que l'on apprenne quelque chose ; en ce matin de jour férié, cependant, Mago était seul au journal. Quand j'étais arrivé devant O Centolo, un dangereux rocher émergeant entre les vagues qui avait fait sombrer des dizaines de bateaux, j'avais été frappé par l'odeur de l'eau comme si, alors qu'un nouveau naufrage s'annonçait, l'océan avait digéré les précédents, libérant des effluves qui se répandaient parmi les traîtres récifs des rias.

Ce jour-là, cinq phénomènes hors du commun s'étaient produits. Premièrement, deux jeunes couples qui se promenaient dans le coin avaient entendu des appels à l'aide venus de la mer mais les avaient ignorés car, comme devait le dire le maire de Fisterra, il n'était pas rare que des gens descendent crier sur le rivage pour entendre l'écho. Deuxièmement, le premier cadavre à s'échouer sur le sable s'était trouvé être celui de José Santamaría Canosa, le fossoyeur. Troisièmement, alors que la Guardia Civil essayait encore de démêler ce qui s'était passé, le curé du village, Luciano Moreira Carracedo, originaire de Coristanco, s'était senti autorisé à publier l'air de rien dans son bulletin paroissial : « En marge de nos festivités, il semble qu'il y ait eu hier un déchargement de drogue aux abords du Centolo. Lors de l'opération, le canot a coulé, un homme de Pontevedra s'est noyé, un deuxième a disparu, et deux autres personnes d'ici sont toujours portées disparues. Déplorant tout cela, nous prions pour eux. » La Guardia Civil, après avoir écarté cette hypothèse, devait déclarer : « Il a toujours cherché à se faire remarquer. » Quatrièmement, les vestiges du naufrage – gasoil, planches et gilets de sauvetage – avaient commencé à arriver sur les plages, et enfin, alors que je faisais un tour sur l'une d'elles, Mar de Fóra, j'avais découvert parmi les rochers, à demi enfoui sous les algues et au milieu des débris de bois et des bidons que la mer avait rejetés au cours de la tempête, un morceau de tissu qui, à en croire le motif, ne pouvait que provenir de la robe de Mai Lavinia. Je l'avais conservé sans le montrer, ni même en parler à qui que ce soit jusqu'à ce jour.

Mar de Fóra est une plage où il n'y a jamais eu ni sauveteurs ni *chiringuito* ; pour y accéder, il faut marcher un demi-kilomètre une fois qu'on a garé sa voiture. Je ne saurais dire à quel moment c'est devenu un campement improvisé pour les gens débarquant au bout du monde, mais je me souviens d'avoir grandi dans les années 1980 avec les allées et venues de ceux qui passaient souvent au village ou à Carnota, la commune voisine, pour y faire des courses de base. La seule preuve attestant de la présence du père de Mai sur la Costa da Morte nous était fournie par les journaux que Berta Soneira avait épluchés à la bibliothèque municipale de Xaxebe, qui recevait depuis 1983 un exemplaire quotidien de *La Hora*.

Ce jour-là, dans le bureau de Girón, j'ai compris que

Berta Soneira occupait une partie de son temps libre à la bibliothèque. J'ai découvert son autre loisir au sortir de la mairie, une fois l'entretien terminé : elle allait passer un moment à Mar de Fóra l'après-midi. Une fois dans la rue, elle m'a demandé si je pouvais l'y accompagner.

— Qu'est-ce que tu as pensé de l'interview ? a-t-elle voulu savoir pendant le trajet en voiture.

— Il n'avait pas très envie de parler, mais ça, ça se sentait dès le premier jour, lui ai-je dit. C'est l'interview la plus faiblarde de toutes, même si ce n'est pas de ta faute.

— Mais non, ça nous a appris des choses.

— Quoi, par exemple ?

Soneira s'est concentrée sur la route pendant quelques secondes, les secondes les plus paisibles du trajet. Puis elle a cessé d'y prêter attention, au point qu'à un moment donné la voiture semblait se retenir d'aller percuter la première maison venue. Elle m'a alors rappelé que le jour où, arrivant à Xaxebe, elle était allée se présenter devant le maire, celui-ci nous avait dit que Mai s'était heurtée à un problème « inhérent » à tous les villages : on se méfiait d'elle parce qu'on ne savait pas d'où elle sortait, qu'on ne lui connaissait pas de parents ou même un quelconque proche. « "Des parents, elle en avait, je crois que là-dessus, il ne peut pas y avoir de doute, n'est-ce pas ?" », ça, c'est ce que nous a dit ce pauvre type avec son humour de merde », a récapitulé Soneira. Pourtant il se trouvait, a-t-elle poursuivi, pour ce qu'on en savait, que Mai avait bel et bien son père au moins qui vivait à seulement quelques kilomètres de Xaxebe, et qu'il n'y était pas un parfait inconnu puisque des années avant qu'elle n'arrive au village avec sa fille on avait parlé de lui à plusieurs reprises dans le journal, à propos de sujets mineurs. Et quand Soneira avait mis sous le nez du maire Francisco Girón la photo de cet homme accompagnée de son nom de famille, Bernatellada, c'est-à-dire le même que celui de Mai, il avait été tellement pris de court qu'il avait tout naturellement répondu : « Alors oui, maintenant, je vois », sans se rendre compte qu'il aurait pu continuer à faire comme s'il ne le connaissait pas, après tout la photo datait de la fin des années 1980 et celui qui apparaissait dessus avec le père de Mai, c'était le maire Máximo Girón, son propre père, pas lui. Mais son regard s'était d'abord porté sur Bernatellada, il y était allé de son petit commentaire et lorsqu'il s'était aperçu qu'il aurait pu mentir, il était déjà trop tard. « S'il l'a connu à la fin des années 1980, ce qui n'est pas certain, il le connaissait forcément encore au début des années 1990, à l'époque où Mai était ici. Et s'il ne l'a pas connu à cette période-là, il l'a connu plus tard. Ce qui est sûr c'est qu'il savait qui était Ricardo Bernatellada, et aussi que Mai n'était autre que María Isabel Bernatellada. La psychologie du mensonge est bien mystérieuse », a résumé Soneira.

C'était une de ces journées qui transforment la côte en un effrayant miracle. Un vent froid soufflait et il pleuvait par intermittence. J'étais grisé par ce temps car j'aime bien rester chez moi quand il y a une menace dehors : je me sens protégé. C'était un point commun que je partageais avec Berta Soneira, m'a-t-elle dit, même si elle, elle poussait cela à l'extrême. Pour s'endormir, par exemple, elle fantasmait des naufrages. Elle les recréait en détail dans sa tête, imaginant tout l'équipage, le navire et la plus grosse des tempêtes ; mais le bateau, grand et sûr, ne sombrait jamais. Elle trouvait refuge dans sa cabine qui, au lieu d'un simple hublot, avait une grande paroi vitrée en guise de mur : un verre incassable, fait d'un matériau si extraordinaire que l'océan tout entier, se ramassant en une seule vague, n'aurait pu le briser. Soneira se mettait au lit et voyait la mer s'abattre sur l'embarcation avec une force terrible, elle voyait des requins et des orques, et elle se sentait tellement en sécurité et en paix avec elle-même que le sommeil la gagnait et elle s'endormait. Son rêve, m'a-t-elle dit, c'était d'avoir une *panic room* chez elle, une pièce blindée et sécurisée, impossible à forcer, tandis que les couloirs pulluleraient de voleurs et d'assassins.

Sur la route de Mar de Fóra, l'eau et le vent entraient par la vitre cassée de la voiture de Berta Soneira, et elle tentait de se convaincre qu'en accélérant et en ralentissant par intermittence il ferait meilleur dans l'habitacle. « Tu ne le sens pas ? » s'enquérait-elle à tout bout de champ. Une fois arrivés, nous sommes allés marcher si près du rivage que les éclaboussures soulevées par le vent nous retombaient dessus de façon quasi imperceptible, comme une bruine légère. Elle m'a demandé ce que je pensais du documentaire. Je lui ai répondu qu'il était étrange. Il y avait suffisamment d'heures de tournage avec des proches de Mai pour reconstituer de manière assez fidèle ce qui s'était passé le jour du mariage, mais aussi au cours des mois qui avaient précédé et suivi, pourtant rien de tout cela ne concernait directement la disparition de Yulia de la surface de la terre, plutôt le vide laissé par sa mère en chacun de nous. À un moment de son interview, s'est souvenue Soneira, Novás avait dit que c'était comme si Yulia avait laissé ce vide en Mai, et Mai en nous, et que si nous avions pu nous pencher dessus, nous aurions découvert quelque chose d'approchant à la vérité. Soneira n'était pas du genre à parler de « la vérité » tout court, et de toutes les expressions qu'elle employait, « quelque chose d'approchant à la vérité » était sa préférée.

Puis elle m'a questionné sur ce que je pensais de Yulia. Et je me suis rappelé quelque chose que Mai disait à son sujet, et qui était vrai : Yulia, comme sa mère, était infâchable. Elle expliquait qu'elles étaient toutes les deux tombées dans la même marmite de potion magique qu'Obélix, mais que dans leur cas, cela avait eu pour effet de ne jamais se mettre en colère, si bien qu'on ne les voyait même pas « prendre la mouche » ou montrer ne serait-ce qu'un minimum d'agacement. Ce qui est sûr, c'est que bien qu'en théorie cela puisse paraître une bonne chose, dans les faits ça faisait un peu peur. C'était devenu pour Mai elle-même une source d'anxiété, surtout lorsque les semaines avaient passé, que ce premier été avait passé et que certains au village avaient commencé à lui être hostiles, se mettant à parler d'elle dans son dos, parfois de manière justifiée, mais souvent sans raison. Car même en l'apprenant, elle n'arrivait pas à se mettre en colère. Je pense que c'était lié à son éducation, à ses complexes ; je pense que c'était lié à une forme confuse et diluée de machisme. L'impression que se fâcher était un privilège auquel elle ne pouvait prétendre. Et Yulia, qui n'avait que deux ans, commençait à l'imiter de façon naturelle et donc d'autant plus grotesque, baissant aussitôt la tête lorsque, par exemple, on lui prenait des mains ce avec quoi elle était en train de jouer. D'ordinaire, les enfants trépignent, pleurent ; Yulia, elle, se résignait.

— Quand on a rencontré Mai, elle était fière d'être impossible à fâcher, beaucoup de choses glissaient sur elle. Elle savait que c'était un truc qui la rendait spéciale, ai-je dit.

— Spécial, c'est le mot le plus trompeur qui soit. Quand on est spécial une heure, ça veut dire qu'on est quelqu'un de différent, de génial, de cool. Mais quand on est spécial en permanence, ça veut juste dire qu'on est trisomique, a répondu Berta Soneira.

À Mar de Fóra, là où il était « strictement interdit » d'aller, une autre expression de mon grand-père m'est revenue à l'esprit, « brut de décoffrage ». Soneira a souri et s'est tournée vers moi : « C'est l'image que tu as de moi ? » Ses cheveux volaient en tous sens et elle baissait la tête pour qu'ils n'aillent pas dans ses yeux. Les mains dans les poches de son manteau du premier jour, ses bottes du premier jour, les yeux plissés, la voix en permanence râpée par le tabac. Ses lunettes qui lui faisaient un regard de petite taupe. Alors qu'il commençait à pleuvoir plus fort, elle s'est mise à marcher devant, « Suis-moi », s'éloignant d'une cinquantaine de mètres du rivage pour grimper au sommet d'une dune, et elle a dit : « Je pense qu'ils campaient par ici, ou qu'ils y avaient installé leur caravane, enfin bref », faisant allusion à la communauté qui avait vécu là autrefois et à laquelle avait appartenu le père, voire les deux parents de Mai, mais aussi, sans doute, Mai elle-même. « Ici, on est aux premières loges pour assister aux naufrages », a-t-elle observé.

J'ai tenté de me souvenir de davantage de choses sur Yulia pour les lui raconter, mais rien ne m'est venu ; comme rien ne m'était venu pendant mon interview pour le documentaire. Ce que nous avions su de Yulia Lavinia, nous l'avions su plus tard, quand les gens avaient commencé à s'intéresser à elle. C'était une fillette aux cheveux châtains et aux yeux noisette, et ses mains étaient toujours chaudes, c'est pour ça que Santi Galvache l'appelait « ma petite bouillotte ». Mai ne parlait jamais de son père, pas plus qu'elle ne mentionnait le simple fait que pour qu'elle ait une fille, il aurait dû y avoir un homme dans l'histoire. Ce n'était pas pour autant un sujet tabou et ça nous faisait rire de lui demander qui était le père de Yulia, car elle donnait toujours une réponse délirante, changeant de nom chaque fois : « Jean Paul II », « Emilio Sánchez Vicario, le joueur de tennis », « Jorge Sanz, l'acteur » ; la blague avait tourné court le jour où Yulia avait demandé « C'est quoi, un père ? ». Nous l'avions toujours vue comme une enfant trop réservée et silencieuse, vraiment timide, et bien qu'après sa disparition on ait dit qu'elle était sortie de sa coquille au cours de cette année-là, en réalité, elle n'était pas du tout sortie de sa coquille ; elle avait peur de tout et de tout le monde, elle était toujours dans les jupes de sa mère et elle faisait des cauchemars, ce que nous avions appris par les Galvache car Mai n'y a jamais fait allusion. Elle restait là sans rien faire, ne parlait pas beaucoup, n'était pas non plus spécialement rieuse. Elle ne se mettait pas davantage en colère qu'elle ne manifestait de joie et comme on ne savait pas très bien ce qui lui plaisait, on ne lui achetait pas grand-chose. Des bonbons, ça évidemment : des chamallows, des mûres Haribo et des *tanzanitos*. On taquinait Mai en lui disant que la petite était en permanence morte de faim, même s'il y avait des jours où elle oubliait vraiment de lui donner à manger, où c'était Santi, ou Lola, ou Novás, ou moi, qui demandions à Yulia si elle avait pris son repas, et où elle faisait signe que non de la tête. « Mais Mai, cette enfant a le ventre vide ? — Oui, oui, mais c'est qu'elle a tout le temps faim, donnez-lui quelque chose si ça vous chante. » Les derniers temps, quand Mai perdait pied, quand elle traversait une de ses crises, elle pouvait se montrer brusque et désagréable, même avec Yulia, et le fait qu'elle le soit avec tout le monde ne rendait pas ça moins choquant, après tout, c'était sa fille, et elle était toute seule, elle n'avait personne d'autre que sa mère, et au lieu de se mettre en colère, de se rebeller ou d'être triste, elle se résignait ; elle se taisait et prenait la première main qui se tendait vers elle, presque toujours celle de Santiago Galvache, Martín Novás ou moi.

Yulia devait être avant tout un visage dans le journal. Le visage d'un destin fatal : enlèvement ou meurtre. Ces visages-là n'ont pas le temps de prendre tout à fait forme, ils demeurent inachevés. C'était une ébauche, un canevas.

Vingt-cinq ans s'étaient écoulés depuis lors et elle venait d'en avoir trois quand elle avait disparu ; en réalité, quand quelqu'un qui a existé aussi peu de temps disparaît, ceux qui disparaissent vraiment sont ceux qui ont vécu à ses côtés.

Sur cette dune en bordure de plage, on pouvait voir aussi des cercles concentriques en pierre, dédiés à la figure du serpent celte, qui se trouvaient là depuis des siècles, un lieu de pèlerinage pour les touristes comme pour les spécialistes. Une structure à la fois simple et inquiétante qui évoque la continuité du temps à travers la représentation de l'ouroboros, le serpent qui avale sa propre queue, dessinant un cercle avec son corps. « L'éternel cycle de toute chose, mais aussi l'éternel effort, l'éternelle lutte ou encore l'acharnement inutile, car le cycle recommence en dépit des actions menées pour l'empêcher », allais-je lire en rentrant chez moi. Ce serpent, je l'avais déjà vu avec Mai le jour où nous étions venus à cet endroit ensemble, même si elle, elle s'était montrée plus directe : « L'animal qui se met la tête dans le cul. »

Berta Soneira s'est assise là, pile sur ce machin. Cela

ne pouvait pas être confortable, mais elle a fait comme si pendant les deux minutes où elle a tenu dessus. « Que faisait Mai à Xaxebe, est-ce qu'elle poursuivait ou est-ce qu'elle fuyait quelque chose ? a-t-elle dit avant d'ajouter : En tout cas, c'est ballot qu'on se retrouve tous les deux ici à parler de ça alors qu'on est les seuls qui vont connaître la vérité. » Elle a juste dit « la vérité », sans rien ajouter cette fois, et cela m'a presque fait plus peur que l'idée qu'elle la connaisse.

10

Lola

Le neuvième jour, par une matinée épouvantable où le froid rivalisait avec la pluie qui faisait un bruit de mitraille en tombant sur la voiture, nous sommes remontés à Punta Faxilda pour filmer Lola, celle qui avait consacré sa vie à la famille Galvache lorsqu'était morte, ivre au volant sans que la responsabilité lui revienne, María de la Luz Castaña, La Castañuelas. Il n'avait pas été simple d'obtenir cette interview de Lola, non que cette sémillante petite vieille désireuse de « passer à la télé » s'y oppose, mais à cause de Pepe Galvache, qui craignait qu'une fois sous le feu des projecteurs elle ne fasse l'objet de railleries. Il disait cela en pensant à la manière de s'exprimer de Lola, une femme sans éducation (« mais quelle éducation pourrait bien avoir une personne qui a passé son temps à éduquer les autres », décréterait Santiago quand nous lui ferions part des objections de son père), et à sa présence à l'écran, qu'il devait qualifier, après avoir passé une éternité à chercher le mot juste, de « malséante ». Il arrive souvent que l'on aille dénicher un mot que l'on n'a jamais entendu de sa vie, ou qu'on le trouve en soi-même, juste parce qu'on en a besoin de façon urgente et inattendue. Le vieux Galvache faisait référence à une série de tics spectaculaires dont était atteinte Lola, des tics suffisamment violents pour être diagnostiqués comme les signes d'un syndrome de la Tourette si on avait accordé de l'importance à ces phénomènes au moment où ils étaient apparus. Lola assumait cela avec un naturel confondant, à la différence du reste du village, qui prenait son handicap tellement à cœur que la défense de cette femme faisait l'unanimité, et malheur à celui qui se serait moqué d'elle. Comme avec l'idiot du village, que l'on repère dès qu'on arrive parce que tout le monde l'entoure pour le protéger, sauf qu'en l'occurrence c'était la personne la plus futée du village, avec ses tics si excessifs qu'elle devait parfois s'interrompre pour en rire un bon coup.

Vingt-cinq ans plus tôt, Lola était une petite femme rondelette et une cuisinière hors pair à laquelle, pendant notre adolescence, nous prêtions le visage de la tante Cécile du *Club des cinq*, ce qui est quand même extraordinaire puisque aucun de nous n'avait la moindre idée du visage de cette dernière. Elle tenait la maison d'un homme absent et de trois enfants, bien canalisé pour l'un (Santiago) tandis que les deux autres avaient une conscience trop aiguë de la fortune paternelle, des têtes à claques, donc (Rita et Delfín). Elle les avait tous aimés de la même façon, à la différence de leur père, et même les petits Galvache, comme on les appelait au village, avaient cessé de la traiter comme une boniche lorsqu'ils s'étaient rendu compte que dans les faits elle en était une, et ils l'avaient toujours aimée comme une mère, la seule qu'ils aient eue, au sens où c'était la seule dont ils se souvenaient. Longtemps, chez les Galvache, cette femme contrefaite – dodelinant soudain de la tête sans raison tout en se contorsionnant de manière spectaculaire, ouvrant et refermant la bouche comme un poisson en train de convulser – incarnait l'ordre, l'harmonie et l'autorité ; la voir, et la voir sous ce jour, c'était savoir que les choses étaient sous contrôle. L'intérêt de cette interview résidait dans le fait que, d'après Soneira, derrière tous les crimes on trouve toujours la gouvernante, que ce soit pour les dénoncer ou pour les dissimuler. Nous avons installé la caméra dans le jardin de Faxilda, avec le bois des Souvenirs en arrière-plan, ce qui a suscité une constatation ironique de la part de la vieille Lola : « Vous filmez Pepe à l'intérieur et moi dehors, je vois que chacun est à sa place. »

Le temps n'avait pas été très clément avec elle. À un moment de l'interview, elle l'a fait remarquer en évoquant sa jeunesse passée (pour nous, elle n'avait jamais été jeune, personne ne l'est quand il est au service de quelqu'un d'autre), avec une réflexion du style : « Vingt-cinq années ne s'écoulent pas de la même manière pour la femme de ménage que pour le monsieur chez qui elle fait le ménage. » À ce troisième ou quatrième rappel qu'elle faisait de sa position sociale, Soneira a répondu en lui suggérant de se présenter sur une liste municipale à Xaxebe, « et on pourrait alors envisager de tourner un autre documentaire, mais pas celui-ci ». Lola s'est mordu la langue, avec sa tête qui ballottait en tous sens et son épaule droite qui se haussait et s'abaissait. Je l'ai alors revue à l'époque où elle était plus jeune et plus vigoureuse, avec cette façon d'être si représentative d'elle-même et de tant d'autres femmes – à commencer par ma grand-mère –, qu'habite le sentiment de dominer la maison, pas exactement de la posséder, mais au moins d'avoir le contrôle sur l'utilisation et la fonction de certains de ses éléments, en particulier tout ce qui sert à nettoyer. Elle se mettait en colère, et sans jouer la comédie, si quelqu'un se hasardait à utiliser l'évier, à débarrasser la table, ou ne serait-ce qu'à aller chercher le balai pour ramasser les morceaux d'un verre cassé ; non parce qu'elle aurait voulu le faire elle, mais parce que nous faisions toujours quelque chose de travers, même si c'était de l'ordre du détail : il fallait passer le balai en le ramenant vers soi, le plat lavé ne se rangeait pas à cet endroit, ce n'était pas par là qu'on commençait à débarrasser la table. Quand le dernier des enfants Galvache avait quitté le foyer, Lola avait continué à vivre entre l'appartement de La Corogne et la maison de Xaxebe comme un fantôme, et elle avait pris l'habitude de commencer à boire au milieu de l'après-midi avant de terminer la soirée à se maquiller, ou du moins à essayer, tout en sirotant un immense verre de vin. Ce spectacle, agrémenté de tout un cortège de tics, était fascinant, et plus d'une fois, alors que nous avions fini chez Santi après une soirée à faire la bringue, nous l'avions retrouvée endormie sur une chaise de bar au beau milieu du salon, donnant l'impression d'être dans une discothèque, le visage peinturluré comme celui du Joker et de grosses taches de vin plein son chemisier à froufrous. « Je ne pourrais pas l'aimer plus, cette femme », disait Santi qui la portait dans ses bras jusqu'à l'étage pour la mettre au lit, elle qui devait avoir soixante ans à l'époque. Le lendemain, Lola nous réveillait à grands cris et nous préparait le petit-déjeuner tout en nous demandant, très en colère, à quelle heure nous étions rentrés, pourquoi nous buvions autant et si nous n'avions pas honte. À ce moment-là, elle avait le visage propre, démaquillé et sentait le linge fraîchement repassé, ce qui voulait dire qu'elle n'était pas tout à fait dupe.

Pepe Galvache payait pour les vertus de Lola en considérant que cela l'autorisait à s'en prévaloir à l'extérieur de la maison comme si c'étaient les siennes. Le jour où nous sommes venus l'interviewer, il rôdait dans les jardins comme une bête déchaînée. Lola, pour lui, était devenue une sorte d'animal de compagnie, une femme à qui l'on rétribuait les services qu'elle rendait en lui témoignant de l'humanité. Il l'aimait de cette façon brute dont il aimait toute chose, et depuis quelques années, il avait engagé une fille pour s'occuper des tâches ménagères, ce qui épouvantait Lola mais contre quoi elle ne pouvait rien, car son corps ne tenait plus le choc deux jours d'affilée. Au demeurant, la veille de l'arrivée de la nouvelle fille, la vieille Lola avait rassemblé ses dernières forces et passé huit heures à traquer jusqu'au dernier grain de poussière de Punta Faxilda avant de se démener dans le jardin, ce qui valait le coup d'œil car, à en croire Galvache, Lola faisait à elle seule plus de bruit que la tondeuse à gazon. Lorsque le vieil homme lui avait demandé pourquoi elle s'escrimait autant, elle avait répondu : « Il faut que la personne qui entre dans cette maison en ait une bonne impression. » La nouvelle avait donc été reçue avec les honneurs dus à une inspectrice des finances à qui Lola aurait remis les documents témoignant d'un demi-siècle sans irrégularité aucune. Au bout du compte, elles s'étaient retrouvées à boire une bouteille de Martini ensemble, assises sur le rebord de la fenêtre donnant sur le porche, « et encore, on a eu de la chance que notre petite Lola ne se soit pas mis en tête de se maquiller et de maquiller l'autre », a fait remarquer Pepe Galvache avant que ladite Lola n'arrive pour l'interview.

Ce qu'elle a fait en descendant l'escalier avec peine et,

au niveau de la dernière marche, elle a dit que c'était là qu'elle avait vu Mai Lavinia pour la dernière fois. « Elle est partie et n'est jamais revenue. » Berta Soneira, impatientée, lui a demandé d'attendre pour se lancer dans son récit que le micro et la caméra soient bien en place, car Lola, avec l'âge, commençait à avoir du mal à parler, et encore plus à répéter ce qu'elle avait déjà dit. C'est donc sans préambule qu'elle s'est mise à raconter le dernier jour de Mai, le jour où celle-ci chantait en boucle « Lola » des Kinks et était descendue à la plage pour disparaître dans la mer. « Ç'a été atroce quand on a appris sa mort, parce qu'en fait on ne l'a pas retrouvée morte ni rien, comme la petite », a-t-elle déclaré. Elle s'est souvenue que ce jour-là Mai avait croisé Santi, son mari, dans le couloir du dernier étage de la maison, et qu'il lui avait dit qu'il allait à la pêche. « Et quand le bruit comme quoi elle avait été aperçue en train de se perdre à l'horizon s'est mis à circuler, et qu'on a vu débouler sur la plage les secours en mer avec tous leurs hommes-grenouilles et leurs sauveteurs, moi, la seule chose que j'ai pensé, c'est "Jésus Marie Joseph, mon Santi, quel coup ça va lui faire s'ils remontent les filets en pensant qu'ils ont attrapé un bar". » Assis avec une indifférence feinte à une dizaine de mètres de nous, Pepe Galvache a fait claquer sa langue, un verre de vin rouge à la main. Soneira l'a foudroyé du regard tandis que Samu faisait signe que c'était bon : on pouvait continuer. C'est alors que j'ai remarqué que l'endroit où nous nous trouvions était aussi celui où avaient été prononcés les discours le jour de la noce. Il n'y en avait pas eu à l'église, où la cérémonie avait été extrêmement rapide, non pas à la demande des mariés, qui, au demeurant, étaient ravis de cette brièveté, mais à cause du prêtre, qui sentait le coup venir. La nuit précédente, la moitié du village était restée éveillée parce que Mai Lavinia avait décidé, quelques heures avant son mariage, de goûter l'alcool, de se raser un côté de la tête afin de se faire une coiffure spéciale pour l'occasion et de pousser la chansonnette lors de la cérémonie. Ces trois résolutions avaient été prises dans un bar en plein après-midi et s'étaient bientôt mises à circuler sous la forme de rumeurs, chacune à sa vitesse propre en fonction de l'auditoire qu'elle rencontrait, à travers les autres bars puis les rues de Xaxebe, faisant halte sur les places, se faufilant dans les cuisines et les laveries, les garages, le club des retraités et jusqu'au café de Raimunda, où cette pauvre Raimunda elle-même avait dit à un client qui lisait la presse : « Regarde voir si un article n'a pas été découpé quelque part. »

On avait donc su qu'elle avait goûté l'alcool, ça oui on l'avait su, et aussi qu'elle s'était rasé le crâne, mais seulement la moitié, de façon radicale, en passant la tondeuse avec la délicatesse d'un chirurgien, pour obtenir une belle coiffure vraiment branchée parce qu'elle avait des cheveux volumineux qui avaient tendance à boucler. « On dirait un chapiteau de cirque », devait dire Suso Miñoca en la voyant entrer dans l'église au bras de Pepe Galvache. Et comme on ne savait pas à quel moment il était prévu qu'elle chante, le prêtre, soupçonnant Mai et Santiago de se présenter devant l'autel au terme d'une nuit blanche, s'était dit qu'ils considéraient peut-être que le pari tenait toujours. « Moi, ça me rend malade que les gens chantent dans mon église, devait-il déclarer dans le documentaire, alors, bon Dieu, j'ai voulu les marier vite fait, bien fait. Mais ne voilà-t-il pas qu'en me soufflant dessus son haleine de J&B, elle est venue me dire à voix basse je ne sais pas quoi à propos des discours… “Tes discours, bordel, tu te les gardes pour chez toi”, c'est ça que j'ai pensé. »

— Et dans ces occasions-là, par exemple, qui s'occupait de Yulia ? a demandé Berta Soneira à Lola.

— Quelles occasions, quand elle se mariait ?

— Quand elle n'était pas avec la petite.

— C'est-à-dire que Mai avait tout un tas de façons de ne pas être avec la petite. Mais physiquement elle ne se séparait jamais d'elle, ou en tout cas elle essayait.

— Qu'est-ce que vous voulez dire par là ?

Lola a jeté un coup d'œil hors-champ en direction de Pepe Galvache, mais il gardait ses grosses lèvres serrées, les plissant tout en regardant droit devant lui. Elle a eu une série de tics, tous plus violents les uns que les autres, et après avoir fermé et rouvert les yeux de façon compulsive, elle a lâché :

— On a dit que c'était le bonheur qui l'avait perdue, mais moi je crois plutôt que ce qui l'a perdue c'est sa tête, et que ça faisait un bout de temps que ça ne tournait plus rond là-dedans. Les gens, ça les rend très mal à l'aise, les trucs liés au cerveau, du coup ils cherchent tout et n'importe quoi pour trouver une explication.

— Pourquoi est-ce qu'on disait que c'était le bonheur qui l'avait perdue ?

— Le temps ne lui a pas fait de cadeau. Cette fille aurait dû suivre un traitement, et je suis sûre qu'elle l'avait fait, seulement voilà, une fois ici, elle a arrêté. Pour moi, c'est on ne peut plus clair.

Une des plus belles histoires que l'on ait racontées après le mariage de Mai Lavinia et de Santiago Galvache, c'était que l'amour l'avait menée à la folie, la folie à la perte de sa fille, la perte de sa fille à mesurer l'amour qu'elle avait pour elle, et enfin l'amour pour elle, qui avait disparu, à la mort. À aucun moment on n'avait considéré qu'il puisse s'agir d'une maladie génétique qui allait et venait en fonction des événements, car il fallait déguiser l'horreur, ne serait-ce qu'en lui conférant une forme romanesque, comme si l'esprit détraqué de Mai Lavinia avait été une attraction de fête foraine procurant des émotions intenses, pas toutes positives, mais des émotions quand même, et qui s'arrêtent dès que le tour est fini.

Lola s'appelait en fait Sagrario Astudillo et était originaire de Zamora ; elle était née d'une Gitane et d'un gadjo. « Je me suis fait appeler Lola parce que je ne supporterais pas qu'on me surnomme Charo, a-t-elle expliqué. — Je t'ai déjà dit mille fois que Charo, c'est le diminutif de Rosario, personne n'aurait eu l'idée de t'appeler Charo de toute façon, a objecté Galvache. — On ne sait jamais. » Elle, a-t-elle précisé fièrement, elle était donc une *merchera*, c'est le nom que l'on donne aux enfants qui ont un parent gadjo et l'autre gitan. Elle a ajouté que c'était pour ça qu'elle s'était si bien entendue avec Mai, parce qu'elle pensait qu'elle aussi était une *merchera*, même si Mai ne parlait jamais de ses parents, ni du père de Yulia, ni pour ainsi dire de qui que ce soit qui aurait eu un enfant à un moment de sa vie. « Personne ne pouvait rien tirer d'elle. Et ça allait encore moins bien dans sa caboche quand elle était lucide que quand elle était folle », a-t-elle dit. Le vieux Galvache, mal à l'aise depuis le début de l'interview, portait les mains à sa tête quand Lola parlait ainsi sans détour, parfois de façon vraiment téméraire ; Berta Soneira, elle, s'en amusait. Ça me faisait mal pour Galvache : je sais ce que c'est de vivre dans une maison où la maladie mentale, l'héroïne ou la solitude ne sont jamais évoquées pour diverses raisons, toutes liées à la honte. En ne les nommant pas, on croit pouvoir les tenir à distance alors même qu'on les côtoie au quotidien, et ça fonctionne jusqu'à ce que la bombe explose, presque toujours dans une grande violence.

Berta Soneira a demandé à Lola quels étaient les trois moments dont elle gardait le souvenir le plus marquant concernant Mai Lavinia. Lola, soudain guillerette, a répondu qu'il y en avait beaucoup, « presque tous, même les pires », mais qu'elle se rappelait, par exemple, le jour où Mai était venue à Punta Faxilda non plus pour une visite occasionnelle mais pour y habiter. Elle était sortie de la Mercedes de Galvache à la manière d'une actrice d'Hollywood, en tendant à l'extrême une jambe sous son trench qu'elle portait fermé avec des bottes montantes, et en posant le deuxième pied par terre, elle avait dit : « J'arrive en qualité de première dame. » Elle n'était que curiosité et générosité (« Si je suis comme ça, c'est parce que je n'ai rien, me disait-elle, du coup, pour les gens comme nous, c'est plus facile »), et elle avait en tout et pour tout un sac à dos de randonnée qui jurait avec sa tenue (« C'est pour ça que Santi me le porte ») ainsi que la poussette de la petite, en plus de la petite elle-même, suspendue à sa main comme un vêtement à un étendoir. Elle avait fait à Lola l'impression d'une jeune femme aussi cynique que délicate, d'une lumière vraiment très belle et fragile qui vacillait pour un rien : la lumière des mondes qui disparaissent lentement et qui s'efforcent de laisser le meilleur souvenir d'eux-mêmes avant de s'éteindre tout à fait, ce dixième de seconde qui laisse entrevoir tout ce qu'il y a eu de bon et de sacré en eux, et même ce qui aurait été possible si la vie avait perduré.

Le deuxième moment était un après-midi qu'elle avait passé avec elle, sans que ce soit prévu, dans la cuisine. Tout le monde était parti à la plage, y compris Yulia, avec Santi. On était déjà au début du mois d'août et jusqu'alors, se souvenait Lola, Mai avait su se faire aimer à Punta Faxilda comme à Xaxebe grâce à son charme et à ses extravagances, sans que l'une de ces singularités n'empiète sur l'autre. « Tout ce qu'elle avait, qu'on le lui ait donné ou qu'elle l'ait obtenu par elle-même, elle l'offrait immédiatement, y compris les vêtements que lui passaient des voisines ayant des filles plus âgées que Yulia. » Elle employait une bonne partie de son temps à peindre tout ce qu'elle récupérait dans la rue, des tubes en carton ou même juste des cartons, puis elle vendait ça sur les terrasses, sur la promenade maritime, poussant quelquefois jusqu'aux villages des environs, Carnota, Lira ou Fisterra, et avec ça elle pouvait s'acheter du tabac et aussi des fripes, au marché, dans lesquelles elle avait l'air d'une déesse. Elle écrivait également des poèmes, mais ni Lola ni qui que ce soit n'aurait su dire de quoi ils parlaient ni dans quelle veine ils se situaient, même si après sa mort on en avait retrouvé un dans sa chambre : « Le moi qui guette derrière le moi / devrait bien plus nous effrayer. / Un assassin dissimulé dans notre Maison / n'est pas aussi terrifiant », et ces poèmes, elle les vendait pour quelques pesetas, ce qu'on voulait bien lui en donner. Comme elle était la petite amie de Santi Galvache, on ne voyait pas ça comme des trucs de pauvre mais plutôt de hippie, de la même façon que lorsqu'elle pétait les plombs on ne la voyait pas comme une folle mais comme une excentrique. Cela, on ne le tenait pas de Lola, mais du vieux Galvache, qui aimait à répéter ce dicton : « Quand un riche boit trop on dit qu'il est rigolo. Quand un pauvre boit trop, on dit que c'est un poivrot. » Parfois, elle revenait à la maison avec une plainte de la municipalité voisine, mais la plupart du temps c'était avec de nouveaux copains ou copines, qu'elle invitait à boire un soda ou quelques bières à Punta Faxilda, qu'elle présentait au groupe de Santi, c'est-à-dire nous, et qu'elle mettait à la porte avant qu'ils s'incrustent pour la nuit. Lola était fascinée par elle parce que c'était un être sauvage et qu'au milieu de cette sauvagerie l'attention qu'elle portait à Yulia, ce dévouement passionné qu'encore adolescente elle consacrait à l'éducation de la petite, tenait du miracle. Même dans ses « moments créatifs », lorsqu'elle s'allongeait à plat ventre sur le tapis pour peindre ou écrire, aussi bien que dans ses moments commerciaux, lorsqu'elle écoulait ses productions, elle l'avait sur le dos, parfois d'ailleurs au sens propre, tel un petit singe. La fillette était comme de l'eau qui lui coulait entre les doigts et Mai, au bout d'un moment, sentait ses mains mouillées mais ne se souvenait pas pourquoi. Toujours est-il que Lola avait passé cet après-midi de début août avec elle dans la cuisine, lui apprenant des recettes, en préparant quelques-unes, puis Mai avait décrété qu'elle avait besoin d'une pause et Lola l'avait envoyée fumer hors de la pièce. Au bout d'un moment, elle était partie à sa recherche et l'avait retrouvée dans le salon, recrachant la fumée très haut et la suivant du regard, jusqu'à ce qu'elle tourne la tête en sursautant, terrifiée, parce qu'elle avait cru voir dans une volute de fumée quelqu'un traverser rapidement le couloir. Et cela avait recommencé une fois, puis une autre. Elle avait dit à Lola : « Quelle trouille ça m'a fichu, on aurait vraiment dit qu'il y avait quelqu'un », jusqu'à ce que la troisième fois, à la troisième frayeur qu'elle s'était faite avec sa propre volute qui se dissipait, elle soutienne auprès de la vieille femme qu'il y avait bel et bien un intrus dans la maison, que ce n'était pas la fumée, mais un individu qui se montrait et se cachait par intermittence. Et bien que jusque-là il n'y ait rien eu de très inhabituel, car ce n'était pas la première fois que Mai laissait entrevoir que quelque chose était brisé en elle, Lola a raconté que lorsqu'elle l'avait bien observée, lorsqu'elle avait enfin pu accrocher son regard, elle s'était rendu compte qu'il n'y avait aucune lumière dans ses yeux, que tout y était soudain mort, à l'arrêt, et Lola jurait n'avoir jamais eu aussi peur de sa vie parce qu'« on aurait dit que quelqu'un d'autre était entré dans son corps, et ce qui m'inquiétait, ce n'était pas qui était cette personne, mais ce qu'elle avait fait de Mai, parce que je voulais savoir si elle était tapie quelque part terrifiée, si on la tenait cachée, si elle était en train de souffrir dans un coin, assistant à ce que faisait l'autre ».

Le troisième moment qui avait le plus marqué Lola avait eu lieu quelques mois après la disparition de Yulia, à l'époque où Mai Lavinia commençait à se boursoufler sous l'effet des comprimés, ne sortant de sa chambre que pour errer comme un zombie dans les couloirs de Punta Faxilda et passant des journées entières sans prononcer un mot ; elle semblait alors terriblement remontée contre toute la maisonnée, depuis le vieux Galvache jusqu'à Lola et son propre mari, et la moitié du village faisait l'objet de remarques acerbes, ou même pire, violemment cryptiques, le genre de remarques que ferait quelqu'un qui se prend pour Dieu et a l'air de tout savoir sur tout le monde. De cette époque, Lola se souvenait en particulier d'un matin, aux aurores, où alors que la maison dormait encore elle avait vu Mai en train de lire (« Quel livre ? Aucune idée ») et au moment où celle-ci avait relevé la tête, Lola avait reconnu son regard d'avant, les yeux vivants de la Mai Lavinia qu'elle avait connue au début. Interrompant sa lecture, Mai s'était mise à lui raconter un jour ordinaire de son ancienne vie, avant Xaxebe et la folie, un jour où, comme d'habitude, elle s'était disputée avec ses parents le matin dans leur appartement à Barcelone et avait alors décidé de sécher le lycée pour traîner avec quelques copines, « des filles un peu paumées et à moitié punks qui fumaient des spliffs, pas terribles mais bon, super sympas ». Elles avaient mangé des hot dogs dans le quartier d'El Born avant de remonter sans se presser vers celui de Gràcia (« on s'en tapait des kilomètres »), et une fois là, elles avaient bu quelques canettes de bière avec les pesetas récoltées à la sortie d'un supermarché, puis lorsque la nuit avait commencé à tomber (« ces super belles couleurs qu'on ne voit que dans les petites rues, moi ça me rendait dingue ») et que Mai avait pensé qu'il était temps de rentrer, elle s'était sentie mal et avait dit à ses amies (« qu'est-ce qu'elles ont bien pu devenir ? ») qu'elle n'allait pas très bien, alors elles l'avaient aidée à s'asseoir sur un petit banc de la plaça del Nord et là, plus calme mais épuisée, elle avait soudain compris ce qui se passait, et pourquoi elle était dans un état si bizarre ces dernières semaines. « Ça va mieux ? » lui avaient demandé les autres. Et elle qui, contrairement à ses copines punks, était habillée comme une déesse (« Tu vois, Lola, la-la-la-la-lola : minijupe, bottes très hautes et gilet en daim ») avait répondu : « Je vais avoir une fille. — Quand tu auras trouvé l'homme de ta vie », avait fait observer une gamine de la bande, et elle, elle lui avait jeté un regard indulgent avant de rétorquer : « Eh ben, il faudrait qu'il se magne, parce que là, je suis en train de perdre les eaux. »

— De toutes les histoires abracadabrantes qu'elle racontait sur la façon dont elle avait eu Yulia, pour moi, c'était la meilleure, a conclu Lola.

11

Santi

Le documentaire sur la disparition de Yulia Lavinia devait au départ s'appeler *La petite fille qui avait arrêté de grandir*, mais les producteurs avaient mis leur veto, réclamant quelque chose de plus commercial et de moins poétique. Le fait que le titre soit quasiment un vers devait se révéler ironique : la seule trace de lyrisme que l'on trouvait sur les deux heures de métrage final résidait dans ces quelques mots, et une fois qu'on avait fini de regarder le film, cela n'apparaissait même plus comme du lyrisme. Je l'ai visionné quelques mois après la fin du tournage, alors que Berta Soneira avait déjà décidé de ne pas le livrer et de s'exposer au scandale qui devait en résulter. Voir nos visages se succéder à l'écran faisait un choc : nous, en revanche, on pouvait dire qu'on avait grandi. C'était arrivé même si le soleil ne nous avait plus réchauffés comme par le passé, que nous n'étions jamais retournés sur notre spot de la plage de Barrosa, ni à la crique où l'on faisait les *botellones*, ni au phare de la jetée ; du moins pas en bande. Nous n'avions plus jamais été amis, ni tous ensemble ni certains les uns avec les autres, sauf Santi et moi pendant encore quelques années, et lorsque deux d'entre nous se croisaient par hasard, s'ensuivait une conversation à ce point contaminée par les événements qu'elle se résumait tout juste à quelques balbutiements, signes déconcertants de la gêne terrible que nous ressentions. Qui savait ? Que savait exactement celui qui savait ? L'amitié accepte les aveux et les secrets, mais elle n'accepte en aucun cas le doute. On prend ses distances, que l'on préfère savoir ou non.

Alors que, dans le documentaire, mes anciens copains s'appuyaient sur des souvenirs qui les concernaient eux et la bande, moi je les revoyais vraiment vingt-cinq ans plus tôt, tout comme je me revoyais moi-même, et c'était comme si nous avions été percutés par un avion au milieu de la piste – un avion qui n'aurait jamais décollé. Novás était encore beau et son corps demeurait bien conservé (il continuait à faire de l'exercice tous les jours), mais il avait aussi gardé ce que sa femme appelait sa « naïveté », et qui n'était au fond rien d'autre qu'une inculture totale ; inculture que, curieusement, il avait enrobée dans des silences lorsqu'il avait vingt ans et dont aujourd'hui, à l'aube de la cinquantaine, il faisait étalage avec décontraction. Suso Miñoca, Susiño, ce gamin élancé d'à peine dix-neuf ans aux cheveux bruns et bouclés coupés au bol, aux pommettes saillantes et à la peau cuivrée, était devenu un homme de quarante-quatre ans ravagé par le soleil de l'océan, un marin, un ex-toxicomane, un bon à rien. Quant à Santiago, le voir ne me faisait plus penser à l'été. Pendant son adolescence et sa jeunesse, il avait passé tous ses week-ends au village. Sa vie et ses amis étaient ici plutôt qu'à La Corogne. Je suppose que Xaxebe leur évoquait l'été, à Pepe et à lui. Les rues, les étals de fruits, les bars, la plage et les copains ; la combinaison de tout cela entre juin et septembre chez les Galvache, père et fils, était si enivrante qu'ils ne ressentaient pas le froid le reste du temps. Ils s'échappaient pour venir ici dès qu'ils en avaient l'occasion. Au village, on était atteints du syndrome de l'été perpétuel et, grâce à eux, tous les week-ends de l'année, même hors saison, avaient quelque chose d'estival. Le documentaire démarrait avec son visage en premier plan, et ce que je me suis tout de suite dit, c'est qu'il ne faisait plus spécialement chaud quand on le voyait. Sa simple présence ne nous faisait plus changer de saison.

« Mai Lavinia était ma femme », voilà la phrase d'ouverture choisie par Soneira pour son film. Elle a été prononcée par Santiago Galvache le dixième jour de tournage, pour lequel il était spécialement venu à Xaxebe ; un jour froid et brumeux, si sombre qu'on n'a pas eu de lumière plus de quelques heures. Cependant, comme il n'y avait pas trop de vent, Soneira a proposé de tourner à Mar de Fóra, ce qui nous a contraints de faire appel à deux assistants au village pour transporter le matériel d'éclairage, même si Samu pensait que de toute façon on ne l'utiliserait pas. Le documentaire s'ouvrait donc sur un gros plan du visage de Santiago et, en le voyant occuper tout l'écran, j'ai senti que chaque sillon de sa peau, chaque ride d'expression, chaque ombre de tristesse accumulée autour de ses yeux nous contenait tous. Nous n'avions plus vingt ans, mais quarante-cinq. C'était une chose de le constater de ses propres yeux, suivant les lois de la nature, et c'en était une autre de le voir au cinéma, quelles qu'en soient les lois.

Santi avait refait sa vie à Madrid, ou plus exactement

dans la banlieue de Madrid, dans une de ces maisons mitoyennes où l'on veut à tout prix se fondre dans le décor pour ne pas attirer l'attention quand on a tué ou quand quelqu'un de son entourage a été tué. Il avait encore sa fameuse chevelure, même si certaines mèches avaient blanchi, comme presque toute sa barbe, qu'il ne portait du reste que depuis ses trente ans. Avec le temps, sa gentillesse s'était transformée en faiblesse, et son physique sain et musclé, naturel dans sa jeunesse, trahissait désormais une préoccupation obsessionnelle. Il travaillait dans une banque privée, jouait au tennis, et tout ce qui allait avec. Cela faisait plusieurs années que je ne l'avais pas revu, mais j'avais encore de l'affection pour lui. Le temps l'avait mené là où il avait toujours aspiré à être : dans un endroit où il ne faisait pas parler de lui et où il pouvait être heureux le dimanche. D'une certaine manière, pendant deux ans, Mai l'avait maintenu dans une espèce de célébrité si inconfortable qu'il n'avait pu en faire abstraction que parce qu'il était aussi amoureux. Ou peut-être, à bien y songer, était-il tombé amoureux de Mai parce qu'elle l'avait arraché au schéma cartésien et exemplaire suivant lequel il avait planifié son avenir. Et si Pepe Galvache avait donné sa bénédiction à une relation aussi insolite, c'est parce qu'à travers elle il avait entrevu son fils tel qu'il aurait pu devenir, s'il s'était donné la peine d'essayer. Cette situation avait tenu aussi longtemps que Mai avait tenu bon, ou plutôt sa santé, et lorsqu'elle s'était éteinte, qu'il n'y avait plus eu de lumière ni de vie en elle, pas plus qu'il n'y a de lumière ni de vie sur Mars, Santiago Galvache s'était replié sur lui-même, revenant à son modèle initial et se faisant à l'idée, avec une modestie autodestructrice, que sa place était dans une maison mitoyenne de la banlieue de Madrid, à travailler sans arrêt comme un âne pour pouvoir organiser un barbecue le dimanche et y inviter les López, les García, les Martínez ou tout autre couple au nom passe-partout ayant une ribambelle d'enfants.

Rien de tout cela ne pouvait faire oublier que Mai Lavinia et lui avaient formé le couple d'une génération, et que cette période où ils avaient été ensemble avait aussi été la grande époque de la bande ; ils avaient incarné cet amour autour duquel nous gravitions tous, les premiers rôles de cette fameuse année et, après ce qui s'était passé, de celles qui avaient suivi. Tout au long de ces mois-là, nous nous étions reconnus en eux et avions quelque part aspiré à leur ressembler, il n'y avait pas une conversation où ils n'étaient pas mentionnés, et leur présence (comme leur absence) faisait planer une aura protectrice sur tout, un phénomène identitaire que l'on retrouve dans bien des villages et des lycées : l'amitié et l'amour devenaient une foi à laquelle se raccrocher en l'absence de ces vieilles croyances brisées que sont la religion, la famille ou la politique.

L'été 1993, c'est nous qui l'avions fait. Cela avait été notre contribution au monde, et elle n'avait pas été négligeable, même si elle n'avait duré que quelques semaines. Elle avait pris forme au cours de journées parfaites à la fois identiques et distinctes, comme si, grâce à un même moule, on avait chaque soir atteint un certain idéal qui n'était pas celui de la veille.

Un jour, le soleil avait presque attendu qu'il soit deux heures du matin avant de se coucher, comme Mai l'avait prédit. C'était à la fin du mois de juillet, le jour où Martín Novás fêtait ses vingt ans. On buvait plus que d'habitude, on parlait de choses intimes qu'on n'avait jamais abordées jusque-là, on se charriait sur des histoires personnelles qui se révélaient moins taboues qu'on ne l'aurait cru, et on avait découvert quelque chose qui nous était jusqu'alors étranger : le plaisir de manger, car avant cet été-là, on avalait quelque chose en passant quand la faim se faisait sentir, mais à partir de ce moment on avait commencé à savourer, à déguster, à se réunir autour d'une table avec l'envie de bien manger au lieu de rester debout à boire à la crique ou dans un garage quelconque, vu qu'on s'était mis à cuisiner (chez les Galvache ou les Miñoca) et même, pour les grandes occasions, à aller au restaurant.

On n'était pas populaires, on ne se faisait pas remarquer, on ne prenait pas de drogues (on ne fumait même pas, à l'exception de Mai), on ne se livrait pas à des expériences sexuelles hors du commun, on n'était pas non plus des bagarreurs, et quand bien même cela aurait été le cas, je ne doute pas que ceux d'en face nous auraient fait détaler. Aucune légende ne circulait à notre sujet et aucun de nous n'était particulièrement beau – sauf Novás à certaines heures de la journée, en fonction de la position du soleil – ou n'avait vécu une quelconque aventure exaltante qui aurait fait jaser dans tout le village. On était une bande de nazes. Ce mot-là n'était pas prononcé, mais il nous tournait autour. Et c'est sur nous que Mai Lavinia avait jeté son dévolu ; elle avait atterri par hasard dans la pension de ma famille, puis elle était tombée amoureuse de Santi, et soudain on n'avait plus parlé au village que de cette fille « décalée » et « hyper drôle » qui n'avait pas de passé mais « avait clairement un grain », qui s'habillait comme Anita Pallenberg, avait une fille et se retrouvait chaque jour dans des histoires pas possibles, au point de se faire arrêter à plusieurs reprises, dont une pour avoir encastré la voiture des Galvache dans la vitrine de la librairie Pintos. « Et tout ça sans permis, lui avait reproché Sardinas. — Ah, parce que avec un permis on a le droit ? » avait-elle rétorqué, sans que ni l'un ni l'autre ne s'attarde sur le fait que de toute façon Mai n'avait pas l'âge de conduire. Ces arrestations ne faisant dans l'ensemble qu'empirer les choses, à la fin de l'été Sardinas avait fini par opter pour le simple avertissement. C'était comme si Maradona avait signé chez nous, une petite équipe qui devait soudain se montrer à la hauteur de sa star. Mai faisait de nous tous des personnages intéressants, des filles et des garçons qu'on avait envie de connaître et avec qui on avait envie d'être.

— Comment ça va ? a lancé Santiago Galvache en arrivant sur le tournage et en me serrant dans ses bras.

— Bien, même si tout ça est un peu bizarre, ai-je répondu en m'excusant à moitié, comme si c'était moi qui avais eu l'idée de ce documentaire.

— Ce qui est bizarre c'est que je veuille bien apparaître dedans, non ?

— Oui, mais elle est tenace – j'ai désigné Soneira, qui se trouvait encore dans sa voiture.

— Mais bon, si tout va bien, ça fera un bon film.

En le voyant, je me suis souvenu, de manière un peu absurde, que Mai Lavinia rêvait d'aller vivre en Australie, et aussi des mimiques de stupeur que cette idée suscitait chez Santi et Pepe Galvache. En fait, avant la noce, elle avait prévenu qu'elle accepterait sans problème de se marier dans son village à lui, Xaxebe, du moment, avait-elle précisé, qu'ensuite ils feraient tout pour partir dans l'endroit le plus éloigné du monde, du moins de leur monde, juste « pour la frime », même si son rêve à lui aurait été de fonder une famille dans une ville-dortoir, un quartier résidentiel comme celui qu'il avait connu, où l'on voyait grandir les enfants et mourir les vieux. « Si c'est ça que tu veux, moi je t'emmène à l'hôpital une fois par semaine », avait-elle tranché.

J'avais cru que Berta Soneira n'accordait pas beaucoup d'attention aux lieux de tournage (c'est d'ailleurs sur mes conseils que nous avions interviewé Novás au phare), mais le choix de Mar de Fóra était très bien pensé ; on entendait Santiago Galvache et on avait l'impression de sentir la mer, le sable, et surtout le froid du sable et le froid de la mer en plein mois de février, alors même qu'il avait été autrefois un prince de l'été.

Il a d'abord parlé de la nuit de noces, c'est-à-dire du moment où ils avaient réussi à dormir ensemble après le mariage et la disparition de Yulia, environ un mois plus tard. Avant cela, elle dormait seule sur le canapé du salon au rez-de-chaussée, du moins quand elle dormait. Elle avait regagné la chambre où ils avaient dormi tous les trois lorsque son corps avait été trop épuisé. Santiago a raconté que Mai faisait toujours la même chose lorsqu'elle se couchait : elle grognait en s'installant à l'autre bout du lit et le repoussait à coups de talon. Puis elle se roulait en boule, dormant la tête au niveau des pieds, comme un chien, et ne bougeait plus pendant des heures. Au matin, elle revenait à la vie tel un fantôme étranger à lui-même en laissant dans son sillage une odeur impénétrable que Santi imaginait être celle des morts-vivants. La perte de Yulia avait amené Mai à développer une nouvelle sensibilité : elle prodiguait à ce qui l'entourait un amour d'une patience infinie et semblait alors devenir une autre personne, mais il y avait une condition à cela : ce devait être des choses inanimées. Les chaises, les peluches, les livres, les dessins qu'elle n'avait jamais réussi à vendre. Elle tâtonnait dans la pénombre jusqu'à ramener le combiné du téléphone contre sa poitrine et le caressait des heures durant en disant que ça aurait été comme ça d'avoir une fille et que tout aille bien. Puis elle se mettait à errer dans les couloirs, enveloppée dans sa tristesse, à la recherche d'un fauteuil pour s'y blottir en poussant des gémissements de frayeur. Et on l'entendait aller et venir aux alentours de sept heures du matin dans cette maison aux meubles anciens dont elle avait un jour rêvé d'être la première dame, sans doute rien que pour pouvoir ensuite offrir le titre à quelqu'un d'autre. Comme c'est le cas pour toutes les habitudes, Santi était incapable de dater avec précision le début de ces déambulations. Elle marchait à petits pas vains sur le parquet, et à compter de là il n'y avait plus moyen de revenir en arrière; les portes de l'enfer s'étaient entrouvertes. Dehors, tout devenait source d'effroi, du videur martelant sa cigarette contre la porte du Ranchito au tapage du pigeonnier à midi. Jusqu'à son reflet dans le miroir, et aux pots encore pleins de crèmes périmées, et à la pièce vide où elle avait un temps rêvé d'aménager un dressing; sans oublier la corbeille dans laquelle elle gardait les mèches de ses cheveux qui tombaient, prématurément vieillis ou morts. Dans la salle de bains, elle ramassait tristement sa chevelure, chassant les mouches, et rapprochait ses traits de ceux qu'elle voyait dans le miroir. La chassie s'accumulait encore au coin de ses yeux et ses pommettes demeuraient à l'écart de la lumière, saillantes et sombres. Son nez était court et fin, et ses lèvres immobiles gonflées par le sommeil. Elle n'était pas belle, mais n'avait rien non plus du monstre qu'elle s'imaginait être devenue. De ses mains, elle écartait les cheveux de son front, comme un océan s'ouvrant en deux, et se retrouvait confrontée à ce visage qu'elle commençait à vouloir cacher, emmurer dans la haine et la honte.

Cette haine, elle la déversait non dans ses obscures routines, dans ce désengagement progressif du quotidien, pas plus que dans ces journées toutes semblables les unes aux autres, ni dans l'air vicié de marécage qui enveloppait soudain l'existence, mais dans la haine elle-même, s'autoalimentant tel un Cronos qui dévorerait ses enfants suivant la logique d'une matriochka : une haine se faisant chaque jour avaler par une haine plus grosse et ce, à l'infini. En y prêtant attention, on pouvait même l'entendre à l'intérieur, comme un ver solitaire brutal, rampant dans les profondeurs du corps. C'était une haine d'elle-même, le pire étant qu'elle s'avérait d'autant plus vaine et terrible qu'elle était dénuée de fondement et ne visait rien de précis, du moins à en croire Santi. Lui, il feignait de dormir en attendant qu'elle se lève, puis suivait depuis le lit ses mouvements invisibles et sa vie titubante dans la salle de bains. Elle était en train de se laver avec rage, pensait-il, frottant l'éponge contre sa peau comme pour récurer sa culpabilité, et quand elle ressortirait, son corps serait strié de marques rouges, saignant même parfois.

— Qu'est-ce que ça signifiait, tout ça, vous pouvez me le dire ? Qui se réveille dans cet état-là ? a dit Santi.

La question n'attendait pas de réponse, cherchant plutôt à solder une sorte d'ultime dette envers elle : il faisait mine de s'intéresser à tout ça comme le torero ressort dans l'arène une fois que l'animal est déjà mort. Au fond, c'était quelqu'un d'extrêmement fragile incapable de fixer son attention ; s'il n'avait plus eu que quelques instants à vivre et qu'on était venu lui dire qu'il allait être tué d'un moment à l'autre, il serait resté à bayer aux corneilles. De tous mes copains c'était lui, en raison de sa nature solitaire et indolente, de sa beauté sanguine lui montant à la gorge comme un chêne veiné, qui était le plus prédisposé, avec Suso Miñoca, à tomber dans la drogue, mais celui-ci l'avait devancé.

L'interview de Santi a duré toute la journée ; on n'est repartis que lorsqu'on a commencé à se geler.

— Ton père nous a raconté qu'il avait été vraiment choqué de voir des traces de balles sur le dos de Mai, lui a dit Soneira.

— Au départ, il ne savait pas si c'étaient des balles, des brûlures de cigarettes ou des boutons mal cicatrisés. Mon père a appris certaines choses un peu plus tard, et il les a transposées sur le passé comme s'il en avait toujours eu connaissance, ce qui est arrivé à beaucoup de gens du village à propos de Mai, a répondu Santi. Comme s'il avait passé sa vie à voir des dos criblés de balles, qu'est-ce qu'il ne faut pas entendre...

— Et sinon toi, cet endroit t'évoque quelque chose en particulier ? a demandé Soneira en faisant référence à la plage.

— Mai a passé un peu de temps ici quand elle était petite. Elle vivait là avec ses parents, des forains, ça fait partie des choses que j'ai réussi à savoir. Mais ensuite ils sont repartis à Barcelone, d'où ils venaient au départ, pour que Mai grandisse là-bas. Ça, elle ne me l'a pas dit, mais mon père l'a découvert par la suite : gamine, déjà, elle avait des problèmes mentaux, et à Barcelone elle serait mieux soignée, sans compter qu'ils seraient plus entourés grâce aux gens qu'ils connaissaient, et puis ils habiteraient dans un appartement, merdique, je suppose, mais ce serait toujours mieux qu'une caravane plantée sur une plage où un cadavre vient s'échouer tous les six mois. Sauf qu'une fois revenue ici elle a arrêté son traitement, et quand on ne traite pas une maladie, elle redémarre.

Il est possible que Santiago Galvache soit revenu à Xaxebe pour se débarrasser d'un énorme poids qui lui bloquait le dos lorsqu'il se penchait pour faire ses barbecues. Il a beaucoup parlé, donné beaucoup de détails, presque tous se rapportant au mariage. Il n'avait jamais rien évoqué de tout cela avec personne, que ce soit la fête ou la disparition de Yulia. « La petite était toujours collée à Mai, toujours », a-t-il affirmé. Avant d'ajouter que Mai soumettait ses émotions aux choses les plus futiles, et qu'il était convaincu que si elle était tombée follement amoureuse de lui, c'est parce qu'il avait été le premier à repérer, lors de leur première balade sur la plage, les trois grains de beauté presque invisibles qui délimitaient un triangle sur son visage. « Elle a été vraiment surprise », a-t-il dit, même si à lui cela lui paraissait une broutille (c'en était une, et de toute façon Mai n'était pas tombée amoureuse de lui pour ça).

À ce stade, Santiago Galvache avait déjà commencé à se décomposer au point que son visage et son corps en semblaient changés, comme si une brèche s'était ouverte, une faille si profonde qu'on pouvait se pencher dessus et y contempler toute sa vie du début à la fin, depuis les secrets que personne ne soupçonnait jusqu'à une joie dont il n'avait pas su profiter. C'est à partir de là que nous avons commencé à tout savoir sur lui et lui à ne plus rien savoir sur personne, y compris sur lui-même. Et lorsque, à midi, après avoir mangé un sandwich lomo-fromage-poivrons et bu un café que Samu avait rapporté déjà froid du village (« mais il m'en faut bien un pour rester éveillé »), il s'est mis à nous raconter qu'en rentrant à la maison au petit matin du jour où il devait se marier, ils étaient tombés sur un homme qui aurait pu aussi bien être un vagabond qu'un pèlerin, disant être le père de Mai et les attendant devant Punta Faxilda parce qu'il voulait voir la petite fille, nous avons compris qu'en mettant bout à bout toutes les heures d'interviews de Santi, de Novás et du vieux Galvache, ainsi que les détails apportés par l'agent Sardinas et le témoignage si incroyablement long et laborieux de Lola, sans compter mes propres souvenirs, déformés ou non, nous allions pouvoir reconstituer les vingt-quatre heures du jour où Yulia Lavinia avait disparu, et nous rapprocher de la vérité ne serait-ce que pour savoir si c'était une vérité supportable, que l'on pouvait digérer, ou si nous ne devions la découvrir que pour continuer à la cacher au diable et à Dieu, ce même Dieu qui n'avait plus rien voulu savoir de l'amour après ce mariage à l'église et ce même diable dont on avait coutume de dire que si Dieu était bon, lui n'était pas mauvais pour autant. Cette phrase m'était déjà venue en tête lorsque Berta Soneira, à l'invitation de Lola, était montée dans la chambre de Mai à Punta Faxilda pour y faire des prises de vues et jeter un œil sur ses affaires. Elle avait mis la main sur ses chemises de coupures de presse, qui en fait ne se limitaient pas à celles qu'à une époque elle avait prélevées tous les matins au bar de Raimunda, puisqu'elles remontaient pour certaines à des dates antérieures, parfois de plusieurs mois, laissant imaginer qu'à travers elles, avait estimé Soneira avec une réelle émotion, de nombreuses zones d'ombre de la vie de Mai allaient trouver leur explication, à commencer par les raisons de son arrivée à Xaxebe, ces raisons que personne, à l'exception du maire Francisco Girón, du chef de la police Julio Sardinas et du beau-père de la mariée, Pepe Galvache, n'avait cherché à connaître.

12

Le diable

Le 3 juin 1994, on avait pu lire dans la presse qu'en Catalogne un enfant mineur pourrait désormais légalement prendre des décisions allant à l'encontre des choix de ses parents. « En cas de conflit, une tierce personne – un juge pour mineurs – arbitrera le différend. C'est l'une des dispositions qui ressortent d'un projet de loi que prépare le département de la Justice et qui prendra la forme d'un code de la famille. [...] Le conseiller à la Justice, Antoni Isac, a déclaré à notre journal que ce projet de code de la famille vise à encadrer les relations parents-enfants », rapportait *El País*. Mai Lavinia avait découpé l'article en éclatant de rire : « J'arrive pas à y croire. » « Je me souviens parfaitement de ce jour-là, parce que j'ai eu l'impression qu'elle allait avoir une attaque tellement elle riait », devait déclarer la vieille Raimunda au cours de son interview. Une autre brève rendait compte de l'ouverture à Madrid d'un salon proposant des coiffures ethniques. « Les coupes de cheveux coûtent mille pesetas, soit à peu près le même prix que dans les autres salons de coiffure, et la plus en vogue est celle du sprinter

Carl Lewis. Amadou [le responsable du salon de coiffure] explique : “Cette coupe se voyait déjà en Afrique dès le début des années 1960, mais ce n’est que lorsqu’elle est devenue à la mode en Amérique qu’elle a été popularisée dans le monde entier. Ça doit être parce qu’on prend les Nord-Américains pour des millionnaires et qu’on veut les imiter.” » Enfin, la dernière coupure qu’elle avait conservée pour la ranger dans une chemise était une tribune de l’économiste Pedro Schwartz dont le début était souligné : « Lorsque le Dr Faust obtint de Méphistophélès, en échange de son âme, de retrouver sa jeunesse et d’être aimé de Marguerite, il croyait sans doute conclure une bonne affaire. Pourtant, non seulement il commettait une “survalorisation du présent” (l’une de mes définitions préférées du péché), mais il ne prenait pas en compte certains coûts imprévus, dont celui de ressentir durement la perte de son âme une fois qu’il se serait accoutumé à jouir des douceurs de l’amour. » Telles étaient les brèves qu’elle avait découpées le matin de son mariage, les dernières qu’elle avait découpées de sa vie, comme nous avons pu le constater en examinant le contenu de ses pochettes. Raimunda, du bar Raimunda, avait remarqué que Mai découpait trois nouvelles au lieu d’une seule et le lui avait reproché : « Tu ne vas rien nous laisser à lire. — Allez, aujourd’hui j’en prends trois, vu que je me marie », avait répondu Mai. À en croire Raimunda, cette femme de quatre-vingt-sept ans qui affirmait garder toute sa tête parce qu’elle se nourrissait de radis (« tous les vieux ont leur petite astuce », a observé Soneira), les sujets qui intéressaient le plus Mai étaient la tauromachie, la science et la mafia. « Je ne saurais pas expliquer pourquoi, a dit Berta Soneira, mais c’est assez logique. »

Ce matin-là, elle était accompagnée de son amie Rebe, venue pour le mariage. Après avoir pris le petit-déjeuner ensemble, elles étaient retournées à Punta Faxilda alors qu'il était déjà presque midi. « C'était toujours moi qui réveillais Yulia, je lui faisais son petit-déjeuner et je la préparais ; Lola était là pour s'occuper de la maison, pas d'elle, et puis bon, quand Mai se levait, Yulia et elle ne se quittaient plus, a raconté Santi. Mais en tout cas moi, je l'aimais vraiment bien, cette petite », a-t-il ajouté, comme pour nous accuser de manière voilée de n'en avoir rien eu à faire de la fillette. Santi l'accompagnait donc aux toilettes dès le réveil, lui apportait son chocolat en poudre ColaCao en lui mettant des dessins animés à la télé, puis lui enlevait son pyjama pour l'habiller, non sans l'avoir assistée au préalable dans ce rituel immuable : elle se lavait les dents et la figure, jusqu'à ce que ça mousse, après quoi elle se plaquait contre le mur pour se mesurer, jour après jour pendant tout l'été, et Santiago traçait une petite marque au-dessus de sa tête avant de reporter la taille dans un carnet dont la couverture était « affreuse », comme l'avait dit Martín Novás dans sa déposition à la police.

Lorsque Mai était retournée à Punta Faxilda avec Rebe, Pepe Galvache se trouvait dans les jardins, donnant des ordres aux gens qui installaient le matériel musical. « À un moment donné, je leur ai demandé si Rebeca allait prendre la parole au mariage, et Mai a répondu que oui, et qu'elle ferait ça très bien, tandis que Rebe, par-derrière, faisait "non" de la tête. » Lola devait dire qu'elle avait vu Mai dans sa chambre quelques heures plus tard, toute seule, qui griffonnait quelque chose. Lorsqu'elle lui avait demandé ce qu'elle faisait, celle-ci avait répondu :

— Je suis en train d'écrire le discours de Rebe.

— Elle ne sait pas écrire ou quoi ?
— Si, mais bon, il vaut mieux assurer le coup.
Cette scène avait dû avoir lieu au moment où Rebe nous avait rejoints au Ranchito, Miñoca, Sonia la Rousse et moi ; ça, je m'en souviens parfaitement parce que l'agent Julio Sardinas, le père de Sonia, avait passé une tête et lui avait conseillé de ne pas trop lever le coude ce soir-là. Mais vu que Sonia à l'époque – comme aujourd'hui – ne touchait pas à l'alcool, je m'étais dit que c'était une manière détournée de l'inciter à boire un peu ; soit ça, soit il était toujours en lice pour décrocher le titre d'homme le plus à côté de la plaque de Xaxebe, ce qui ne l'empêchait pas de continuer à attendre son pistolet.

Rebe était joyeuse et élégante (déjà sur son trente et un en prévision du mariage depuis le matin, avec une robe sombre qui lui arrivait aux pieds et donnait l'impression qu'un tapis allait se dérouler sur son passage) ; elle n'avait plus rien de la Rebe fuyante que nous avions rencontrée au phare de Xaxebe un peu plus d'un an auparavant, ni de celle, méfiante et craintive, qui avait rendu quelques visites à Mai au cours de cette année-là. Elles adoraient fumer ensemble ; pas de la drogue, ça encore j'aurais compris, mais du tabac : c'était le plaisir le plus stupide que j'aie vu de ma vie, mais je suppose que cela trahissait leur côté gamine (Rebe ne devait pas avoir plus de quinze ans). Elle était toujours sous tutelle dans le centre pour mineurs, même si elle avait de plus en plus d'autorisations de sortie. Elle insistait, dès qu'elle se retrouvait seule avec l'un d'entre nous, pour que nous veillions sur Mai. Elle disait « Tu sais, Mai... », laissant à la vie le soin de terminer sa phrase.

Tout avait été tellement surréaliste ce jour-là que cela

donnait l'impression que si quelque chose tournait mal, il nous suffirait de mettre un nouveau jeton dans la machine pour commencer une autre partie – nous avions tous plusieurs vies en réserve. J'étais remonté à pied avec Rebe et Novás à Punta Faxilda, et une fois là-bas nous avions découvert les enfants Galvache en train de faire tourner en bourrique ceux qui installaient les tables et la scène en prévision de la soirée de noces, tandis que le vieux Galvache s'enivrait méthodiquement en compagnie de ses compères de parties de cartes, sans exaltation ni esprit festif, avec ce professionnalisme des pères de jeune marié qui se mettent à boire dès midi. Il racontait de vieilles anecdotes sur l'enfance de Santi et par instants sa voix se brisait parce que tous les mariages, sans exception, ont quelque chose d'un enterrement. En revanche, nous n'avions vu ni Yulia ni Mai et quelqu'un, je ne sais plus qui, nous avait dit qu'elles étaient parties ensemble à la plage se balader et se baigner, comme tous les jours. Rebe était allée faire une sieste, parce qu'elle n'avait pas dormi de la nuit, tandis que Novás et moi nous étions mis à la recherche de Santi, qu'on avait retrouvé sous le porche. Il n'avait pas l'air comme d'habitude, semblant fatigué et étrangement paisible ; en fait il était ailleurs, mais ne paraissait pas aller mal. Novás m'avait regardé et dans son regard – nos échanges passaient beaucoup par là – on pouvait lire la crainte que les certitudes de Santiago Galvache, ce garçon parfait, ne commencent à être ébranlées.

« On n'a pas dormi du tout », avait-il dit, ce dont nous nous doutions déjà puisque lorsque nous les avions quittés, Rebe, Mai et lui, à sept heures du matin, ils étaient encore en grande discussion dans le parc. On avait l'impression qu'il voulait ajouter quelque chose, mais finalement il s'était tu. Nous lui avions demandé ce qui se passait et il avait répondu « Rien, des conneries ». Dans des circonstances ordinaires, et même extraordinaires, il aurait dû être en train de dormir ou tomber de sommeil ; pourtant il restait vif, comme ces animaux qui, face à la menace et quelle que soit la position dans laquelle ils se trouvent, ont tous les sens en alerte et un regain subit d'énergie. Nous avions un peu insisté, même si nous devinions que c'était à cause du mariage. Vingt-cinq ans plus tard, assis sur une plage déserte par une journée de fin février, face à la caméra, il nous a tout raconté.

Sur ce banc du parc, au petit matin du 3 juin 1994, Rebe s'était lancée dans un récit familial que Mai connaissait déjà : des parents toxicomanes, un petit frère avec un prénom vraiment bizarroïde enfermé pour avoir tué un autre enfant, un besoin qu'elle partageait avec sa meilleure amie et qui était celui d'être aimée. Elles s'étaient rencontrées en 1992 aux alentours de Noël ; Rebe venait à Fisterra avec un garçon du centre pour mineurs dès qu'ils avaient un après-midi de libre et Mai était arrivée à cette période-là avec Yulia dans le village voisin de Camelle. Elles avaient commencé à se voir quand Rebe avait une autorisation de sortie. Mai vivait dans une chambre qu'elle louait à Camelle pour trois fois rien, « ce que j'ai pu emprunter à la maison en partant », jusqu'à ce qu'elle décide de venir à Xaxebe.

Elles passaient finalement assez peu de temps ensemble, mais comme elles n'avaient personne d'autre, leur relation était extrêmement protectrice. « Mon père, c'était le type le plus destroy et le plus gros camé du monde, à mourir de rire, s'était souvenue Rebe, et mon frère la personne la plus zarb que j'aie rencontrée de ma vie. »

À un moment donné de cette histoire, Mai s'était mise à pleurer sans raison. « Elle devait être au bout du rouleau », allait commenter Santi. C'est là qu'il s'était rendu compte qu'elle était complètement ivre, comme elle en avait fait la promesse. Elle avait bu très lentement, peut-être un verre toutes les deux heures, mais à ce stade elle était sans doute saoule.

— Un jour, tes parents ne seront plus là, et tu ne les verras plus jamais, jamais, pas comme maintenant où vous jouez au chat et à la souris. Mais en fait ce ne sera plus un jeu, ils ne seront plus là. Parce qu'ils seront morts, ou alors ils seront partis et t'auront oubliée, ou juste parce que tout a une fin, l'avait mise en garde Rebe. Mais bon, ça je te l'ai déjà dit mille fois.

— J'étais encore avec lui pas plus tard qu'hier, avait déclaré Mai.

— Avec ton père ? avait demandé Rebe.

— Ton père ? lui avait fait écho Santi.

« Je n'arrivais pas à y croire, a-t-il confié dans le documentaire. Tout à coup, ça donnait l'impression qu'elle allait se mettre à parler de lui comme si elle l'avait toujours fait. »

— Ben oui, mon père. C'est des sacrés mots ça, père et mère, hein ? avait répondu Mai.

— Mais il vient au mariage ?

— Non, qu'est-ce qu'il viendrait faire au mariage ? Tout ce qui l'intéresse, c'est savoir si je vais bien et emmener Yulia avec lui – cette voix d'outre-tombe qu'avait Mai, comme si elle venait de se réveiller. Il faut que je l'appelle. Je me marie cet après-midi, ça ne peut pas continuer comme ça toute ma vie.

Santi se souvenait qu'il avait trouvé ça à la fois perturbant et naturel. « Mai était encore une gamine, comme Yulia. Ça m'a paru logique que le père veuille s'occuper lui-même de la petite, tout comme ça m'a paru logique qu'elle et moi on essaye de l'en empêcher. »

Mai était allée jusqu'à une cabine téléphonique, elle avait composé un numéro et avait parlé environ une minute avant de revenir.

— Il est en route… mon père.

— Dis, en ce moment ils sont à Mar de Fóra, c'est ça ?

C'était ce que Santi avait entendu dire partout, et son père, Pepe Galvache, avait laissé échapper cette information.

Au village, on se souvenait du père de Mai dix ans plus tôt, à l'époque où ce campement hippie improvisé avait un semblant de statut officiel et qu'il était venu rencontrer le maire. Avec le temps, ils avaient tous fini par s'en aller, mais ces derniers mois on l'avait revu, seul cette fois. Les plus perspicaces avaient fait le rapprochement avec Mai. Mago Sampedro avait expliqué pendant son interview que le mystérieux inconnu (bien habillé, les cheveux courts) qui promenait Yulia dans sa poussette le jour où Mai avait dit qu'elle avait été enlevée n'était autre que Bernatellada. « Ça, je ne m'en suis aperçu que lorsqu'on m'a appris qu'on l'avait revu dans le coin, mais sur le coup je ne l'ai pas reconnu, ça faisait dix ans et il avait beaucoup changé, et moi j'avais beaucoup bu, et puis ce n'est pas comme si j'avais eu des masses de contacts avec lui à l'époque, ou qu'il avait été un jour quelqu'un d'important. Il faisait partie de la bande de Mar de Fóra, des braves gens dans l'ensemble, des nomades, rien de plus », devait-il déclarer.

— En fait, ils viennent de Barcelone, ça fait mille fois que je te le dis, avait répondu Mai, qui n'en avait jamais parlé auparavant. Mais mon père passe un peu de temps dans la région, à Carnota.

— Pourquoi ?

— Eh ben, pour veiller sur moi.

— Et pourquoi il n'est pas là dans ce cas ?

— Parce que les gens qu'on aime vraiment, c'est à distance qu'on veille le mieux sur eux.

— Donc moi tu ne m'aimes pas vraiment ?

— Toi, tu n'as pas besoin qu'on veille sur toi. Moi, par contre, vachement – et elle s'était mise à rire, a raconté Santi, tout en expliquant que c'était ce qu'elle adorait chez lui : qu'il n'ait besoin de rien ni de personne pour veiller sur lui.

— Et ces choses-là, pourquoi je n'ai pas le droit de les savoir ?

— Parce que je ne crois pas au passé, avait tranché Mai.

« Aujourd'hui, j'ai quarante-quatre ans, a dit Santi, et je n'ai jamais rencontré personne qui ait autant tourné le dos à sa vie. Quelquefois, elle allait jusqu'à refuser de parler de ce qui s'était passé la veille. Même cette histoire comme quoi elle voyait les choses une demi-heure après qu'elles avaient eu lieu, qu'il m'était arrivé de trouver marrante, ç'a commencé à me faire peur. Non pas parce que je pensais qu'elle y croyait, elle pouvait perdre les pédales mais pas à ce point ; c'était plutôt parce que, d'une certaine manière, son passé se réduisait exactement à ça : à trente minutes. Et si elle était prête à tirer un trait sur sa famille, pourquoi est-ce qu'elle n'en ferait pas autant avec moi quand quelque chose viendrait à nous séparer ? Il n'y a qu'à moi qu'elle a un peu parlé de ses parents, des endroits où elle avait vécu, mais sans dire un mot de ce qui, dans le présent, se rattachait encore à son passé : les cicatrices sur son dos, le père de sa fille, sa maladie. Accoucher sans avoir compris que t'étais enceinte, admettons, ça peut arriver. Mais ne pas pouvoir dire si on t'a violée ou pas... ? » Berta Soneira lui a fait observer qu'il y a des gens qui refusent de se replonger dans leur passé pour la simple raison qu'on n'y trouve rien de bon, rien à sauver. Et elle a ajouté qu'il n'y a pas de périple plus pervers et plus fou que celui qu'entreprend une personne s'élançant dans son passé sans savoir ce qu'elle va y découvrir. Cela revient à s'aventurer dans une sombre jungle où il y a eu de la vie autrefois et se mettre à tâtonner à la recherche de ceux qui s'y trouveraient encore pour essayer de savoir s'ils ont des réponses, ou même des questions. « J'imagine, a-t-elle poursuivi, que ce documentaire, pour vous, c'est un peu ça. Mais bon, on peut se consoler en se disant que parfois, à force de tâtonner, il arrive qu'on trouve par hasard l'interrupteur. — En quoi ce serait une consolation ? » a demandé Santi.

À l'aube, ce jour-là, Rebe s'était endormie sur le banc, la tête posée sur les jambes de Mai (« vu son histoire familiale, celle de Mai devait lui paraître toute naze »), et Santi se sentait à la fois déconcerté et heureux, c'est en gros ce qu'il nous a dit. Il se réjouissait de rencontrer le père de Mai et de lui présenter le sien, mais aussi de voir qu'il y avait une part de normalité chez elle ; cependant il entrevoyait deux conséquences possibles : soit cela viendrait colmater un des multiples trous d'une baignoire qui n'en finissait pas de se vider, soit l'eau déborderait en emportant tout. Berta Soneira lui a demandé comment Mai était au cours de la dernière semaine et Santiago Galvache a répondu qu'elle était bien, « sans en faire des tonnes » ; elle avait à peine mis les pieds hors de la maison, où elle avait joué avec

Yulia et préparé son voyage de noces. Ce voyage était le cadeau de Pepe Galvache : ils iraient en Amérique, quinze jours à New York. Lola s'occuperait de Yulia pendant ce temps-là. D'ailleurs, si le père de Mai assistait au mariage, cela signifiait éventuellement qu'il pourrait aussi le faire, après tout. C'est ce que Santi avait pensé à l'époque, c'est ce qu'il a redit dans l'interview et, intuitivement, c'est aussi ce que j'aurais pensé à sa place, même si avec Mai tout était toujours bizarre et compliqué.

Tandis qu'ils revenaient à pied à Punta Faxilda, Santi, Rebe et Mai étaient finalement tombés sur le père de Mai Lavinia. Un homme grand, à la peau brune (« Un Gitan ? Je n'en sais rien »), qui avait alors semblé âgé à Santi, même si vingt-cinq ans plus tard il devait relativiser. « Il avait peut-être l'âge que j'ai aujourd'hui. » Berta Soneira lui a demandé si par hasard il n'était pas ivre. « Non, ce soir-là c'est sûr que non, même si de toute façon je bois très peu. J'étais en panique, je devais me marier quelques heures plus tard et par moments je me revoyais l'année précédente, une minute avant de faire la connaissance de Mai, et je me demandais comment tout ça avait pu arriver. C'était une sensation vertigineuse qui n'était pas pour me déplaire. » L'homme, a-t-il raconté, les avait ignorés, Rebe et lui (« Il ne nous a même pas accordé un regard »). « Mai nous a demandé d'attendre et elle s'est avancée toute seule. Il faisait déjà jour. Elle était hyper belle, avec son pantalon moulant, ses bottines vintage et sa veste en velours. Je m'en souviens bien parce que ç'a été la dernière fois que je l'ai vue telle qu'elle était à mes yeux, telle que je l'avais connue et telle qu'on l'avait tous connue. »

Mai s'était donc éloignée de Santi et Rebe pour parler à son père (« J'en suis venu à me demander si ce n'était pas lui qui l'avait violée, si Yulia n'était pas sa fille – j'en étais là ») et ils s'étaient mis à parler à voix basse. Santi savait que ce n'était pas la première fois parce qu'au village quelqu'un lui avait dit qu'on les avait vus ensemble, et une fois Mai elle-même lui avait parlé de lui, mais sans le présenter comme son père (« quelqu'un qui m'aime beaucoup, quelqu'un qui me protège », répétait-elle comme une ritournelle). Rebe et lui s'étaient tenus à une dizaine de mètres de distance, suffisamment près pour pouvoir comprendre de quoi ils parlaient, et comme Santi le supposait sans tenir compte de ce qu'avait pu dire Mai sur le fait d'« emmener Yulia », la conversation tournait toujours autour du même sujet : le père de Mai voulait voir la petite, passer du temps avec elle, la promener, et c'était apparemment ce à quoi s'était résumé le fameux « enlèvement » de l'année précédente. « Elle va venir avec moi, avait-il dit en haussant soudain la voix. Et toi aussi d'ailleurs, parce que tu ne vas pas bien. » Cela n'avait fait qu'échauffer Santi et le mettre en alerte. « Tous mes sens étaient tendus vers eux, j'aurais presque pu les sentir. » À un moment donné, le jeune homme avait donc fait quelques pas dans leur direction, avait tendu la main avec une courtoisie grotesque à ce stade, après une nuit passée à enchaîner les verres, et avait dit : « Santiago Galvache, ravi de vous rencontrer. » L'homme l'avait toisé de haut en bas et avait répondu « Également » sans se présenter ni lui serrer la main, avant d'ajouter : « Mon petit gars, je ne sais pas ce que vous êtes en train de faire tous les deux, mais ça ne va pas », ce à quoi Santi Galvache, sûr de lui, avait rétorqué : « Je comprends que tout ça puisse paraître un peu précipité, mais Mai et moi, depuis qu'on s'est rencontrés, on ne se quitte plus, on est faits l'un pour l'autre. » Mai s'était exclamée

« Quelle phrase ridicule, Santi, tu vois à quoi ça mène de trop lire ? » et elle l'avait repoussé en disant à Rebe de l'emmener. Santi avait demandé au père de Mai s'il comptait venir au mariage, mais c'était Mai qui avait répondu : « J'essaie de le convaincre. »

Tandis que Rebe et Santi rentraient à Punta Faxilda, laissant Mai et son père tous les deux, une voiture de la police locale de Xaxebe s'était arrêtée à leur hauteur. Santi avait demandé à Rebe d'attendre un instant, et celle-ci avait remarqué – « Ça, je peux te le répéter exactement comme elle me l'a dit, parce que j'ai trouvé le mot très mignon », a déclaré Santi dans son interview – que le père de Mai avait l'air d'un « brigand » : « Je suis sûre qu'il est recherché. » De la voiture était descendu Julio Sardinas, la moustache rousse frémissant sur sa lèvre, et il s'était effectivement dirigé vers le père de Mai. Rebe et Santi observaient la scène, adossés au mur de Punta Faxilda derrière lequel la bâtisse se dressait en silence comme si elle émergeait de la montagne avec le jour, ce qui est le cas de nombreuses maisons, en particulier celles qui sont ensorcelées. « J'essaie de la convaincre », avait dit le père de Mai à Sardinas.

« Il t'embête, ma grande ? » avait demandé Sardinas à Mai. Dans le documentaire, l'agent devait bien l'admettre : s'il roulait de ce côté-là à neuf heures du matin, ce n'était pas par hasard. « C'est moi qui l'avais appelé, allait expliquer Pepe Galvache. Ils n'étaient pas rentrés à la maison et j'avais passé des heures au balcon pour voir s'ils n'arrivaient pas. » À un moment, il avait revu « cet homme » dehors. « Pour moi, ce n'était pas un problème que ce soit le père de Mai, de toute façon Girón et d'autres n'avaient cessé de me dire que c'était lui tout au long de cette année-là

– enfin bon, au départ rien ne me le prouvait. Mais même si c'était vrai, qu'est-ce que ça pouvait faire ? Cette fille allait épouser mon fils. Santiago avait perdu sa mère très tôt, il n'avait pas eu de femme pour l'aimer. Lola s'en était occupée et je ne doute pas qu'elle était très attachée à lui, mais aimer c'est autre chose, on ne se fait pas payer pour ça. Par contre, le dernier truc dont j'avais besoin à ce moment-là, c'était de le voir rôder autour de ma maison comme un type qui fait du porte-à-porte. Je ne savais pas que Mai l'avait appelé, je ne savais rien. J'ai réveillé Girón parce que, vraiment, il ne manquait plus qu'on vienne traîner autour de chez moi. Le père de ma belle-fille, et puis quoi encore. »

Les souvenirs de Sardinas étaient moins nets. Il a juste dit qu'il ne connaissait pas Bernatellada et l'avait simplement sommé de ne pas ennuyer Mai : « Ce dont je me souviens clairement, en revanche, c'est que Mai m'a insulté, je crois bien qu'elle m'a traité d'ahuri. Ça, les insultes, je m'en souviens toujours, surtout quand elles sortent de la bouche d'une reine de l'insulte comme elle. Parce qu'elle vous insultait avec un demi-sourire, elle ne se mettait jamais en colère : elle vous insultait en vous prenant pour un con, ce qui revenait à vous insulter deux fois. » Girón, pour sa part, a déclaré qu'il doutait fort que Galvache l'ait réveillé pour si peu de chose. « Depuis le balcon, l'autre était à portée de son fusil de chasse, et moi, s'il y avait du grabuge, ce n'est certainement pas Sardinas avec son don de la parlotte pour tout moyen de dissuasion que j'enverrais sur place. Et puis de toute façon, s'est-il soudain rappelé, moi, Pepe ne me donne pas d'ordres. » Toujours est-il qu'à en croire Santi, Sardinas avait tout de même commencé à se montrer violent.

— Pas physiquement, mais il lui a crié dessus et lui a dit que soit il remontait dans sa voiture et il retournait d'où il venait, soit lui, Sardinas, l'arrêtait pour trouble à l'ordre public ou quelque chose dans le genre. C'était plutôt comique parce qu'en fait il n'y avait pas d'autre voiture que la sienne à un kilomètre à la ronde, ce qui montre bien que Sardinas était un flic d'opérette. Ce gars-là, il ne fallait surtout pas lui mettre un pistolet entre les mains. Au fait, il en a un maintenant ?

— Penses-tu, l'a détrompé Soneira l'air désolée. Maintenant, il ne veut même plus tirer, il veut qu'on lui tire dessus.

Santi a coupé court à cette parenthèse légère, comme s'il était soudain pressé. Non pas de s'en aller, vu qu'il avait l'air bien là, mais d'entrer dans le vif du sujet.

— Et alors que j'étais en train de rentrer à la maison avec Rebe, a-t-il dit, c'est arrivé.

— Qu'est-ce qui est arrivé ? a demandé Soneira.

Santi, face à la caméra qui filmait, a dit en me regardant :

— Je suppose que ce n'est pas exactement ce à quoi on s'attendait, mais on n'a pas non plus été tout à fait surpris. Avec le temps, je crois que j'ai trouvé l'image juste. Celle qui écrit bien, c'est toi, moi je ne suis pas très doué pour ça, mais j'ai passé des années à retourner le truc dans tous les sens et d'une manière ou d'une autre il fallait bien en tirer quelque chose. Vous voyez quand on parle de « l'éléphant dans la pièce » ? Eh bien là, l'éléphant, il était dans une pièce sombre. On ne pouvait pas le voir, mais il était impossible de faire comme s'il n'était pas là. Nico et Novás étaient peut-être au courant, c'étaient ses meilleurs copains. Mais ils ne m'ont rien dit, je n'en ai jamais rien su.

— J'étais censé être au courant de quoi, moi ? – ma voix résonnait de façon métallique. En l'entendant, je ne me suis pas reconnu.

— J'en sais rien. Comme on n'en a jamais parlé, j'en sais rien.

Santi a alors raconté qu'au moment où Bernatellada était déjà en train de repartir, sous l'œil vigilant de Julio Sardinas, il s'était brusquement retourné, prenant l'agent de court, avant de se ruer sur lui, Santi, et de lui empoigner le bras. Il avait collé sa bouche à son oreille (« J'ai bien cru qu'il allait me la mordre ») et avait dit : « Il faut qu'elle rende la petite, il faut qu'elle la rende. Démerdez-vous comme vous voulez, mais qu'elle rende la petite. » Ni menaçant ni en colère : juste aux abois. Santi a dit que le mot « rendre » lui avait glacé le sang : qui rendrait sa propre fille et pourquoi ? « Il m'a fait hyper mal au bras, il l'a serré fort, je me souviens que l'après-midi, quand j'ai enfilé la chemise de mon costume de marié, j'ai vu que j'avais une marque, mais ce qui m'a le plus troublé, c'est que cet homme m'a fait de la peine, il respirait l'angoisse. »

Lorsque Santi avait raconté à Mai ce que son père lui avait dit, elle lui avait répondu : « Maintenant vous comprenez pourquoi je ne vous parle pas de lui et pourquoi je ne vous l'ai pas présenté ? C'est parce qu'il est un peu fou » ; Santi se rappelait que même à l'époque, quelques heures avant leur mariage, le mot « fou » dans la bouche de Mai était le mot le plus perturbant du monde. Même si, avant de rentrer dormir deux heures à Faxilda puis de sortir prendre le petit-déjeuner avec Rebe chez Raimunda, Mai devait aussi dire que son père était quelqu'un de bien qui voulait seulement la sauver, mais que s'il la sauvait elle, il condamnait la petite. Tous deux étaient montés à l'étage pour vérifier que Yulia dormait bien, Mai s'était approchée d'elle pour écarter les cheveux de son visage, lui faire un bisou et lui murmurer à l'oreille « Je t'aime, petite souris », tandis que Santi attendait dans le couloir, et lorsqu'elle était ressortie de la chambre de l'enfant, il l'avait accompagnée jusqu'à la leur (« Toi tu ne vas pas dormir ? lui avait-elle demandé. — Je suis trop nerveux. — À cause du mariage ? — Bien sûr, que veux-tu que ce soit d'autre ? ») et il l'avait mise au lit. Les yeux de Mai se fermaient. Santi, en la touchant, avait soudain compris qu'elle était folle de chagrin. De chagrin et de peur. Et que son visage, qui s'efforçait de paraître calme, n'était déjà plus qu'un masque.

— Qu'est-ce que ton père t'a dit ?

— Comme d'habitude, qu'il veut être avec la petite.

— Et pourquoi il ne peut pas être avec elle ?

— Eh ben c'est comme ça.

Santi l'avait déshabillée, s'attardant sur ses jambes quand il avait baissé le pantalon (avec difficulté, c'était un stretch) et sur ses bras quand il avait soulevé son haut et l'avait fait passer par-dessus sa tête. Lorsqu'il visitait son corps, il le faisait comme s'il s'agissait d'une planète encore inexplorée par l'homme, et dans ces moments où quelque chose en lui se brisait pour la première fois, face à la possibilité qu'elle soit l'amour de sa vie et qu'il ne puisse pourtant pas la retenir, il se disait que si le temps passé avec Mai, le temps irrationnel de l'amour, qui les avait subjugués, lui et par extension toute la bande, était la meilleure période de sa vie, il ferait tout pour qu'elle se prolonge quelles qu'en soient les conséquences, même s'il sentait que l'ancien Santi bien rangé éprouvait le besoin de poser des questions avant de larguer les amarres pour céder la place au nouveau.

— Mais c'est bien ta fille ?

Mai, sur le point de s'endormir, avait rouvert les yeux et répondu en articulant à peine :

— C'est si important que ça ?

Bien des années plus tard, une fois calfeutré à Madrid dans le petit monde protecteur de sa famille nombreuse et de ses barbecues du dimanche, il devait trouver cette phrase scandaleuse, mais c'était une de ces phrases scandaleuses typiques de Mai qui au fond étaient pires que simplement scandaleuses : elle était vraie. Était-ce vraiment important ? À quel moment une chose est-elle vraiment importante : quand elle nous importe, ou quand ce n'est plus le cas ? Bien des années plus tard, sans connaître toute la vérité, en la pressentant juste comme cet éléphant dans une pièce sombre qui vous empêche de faire un pas, Santi Galvache en était venu à la conclusion que son amour pour Mai Lavinia, tout comme Mai Lavinia elle-même, était si irrationnel et absolu que ce qui s'était passé n'avait pas la moindre importance. Certaines choses ont besoin d'être ternies pour être bien visibles. Comme dans toute histoire d'amour, ce qui comptait, c'était qu'elle ne souffre pas, et elle avait souffert. Et cela, même s'il n'en était pas responsable, et même s'il était possible que la responsabilité lui revienne à elle, il ne se l'était jamais pardonné.

La cérémonie s'était déroulée à Santa Uxía del Perdón, une petite église dans laquelle on avait l'impression d'étouffer. Mai avait été d'accord, non qu'elle se considérât comme croyante, mais parce que Dieu la faisait rire. « S'Il existe, nous avait-elle dit un jour, Dieu c'est le videur d'une soirée. Dieu, Il est comme ça, d'ailleurs moi aussi je serais comme ça à sa place. Il passe son temps à mettre des coups de tampon sur des poignets. Vraiment, c'est mieux de croire que de passer son temps à surveiller si les gens croient en toi, il n'y a pas photo. » Le prêtre, don Eugenio, était sur les nerfs. Il avait toujours soupçonné, à juste titre, que le vol du calice contenant les hosties, qui avait eu lieu avant une messe au cours de l'automne précédent, était l'œuvre de Mai. Cette dernière devait apparaître un peu plus tard dans le garage des Miñoca pour se lancer dans une communion de groupe improvisée, prononçant quelques pieuses paroles pour nous fourrer ensuite l'hostie dans la bouche. Au cours des jours qui avaient précédé le mariage, don Eugenio n'avait cessé de répéter qu'il n'y aurait pas de discours et qu'il voulait que tout le monde soit reparti au bout d'une demi-heure, ce qui avait conforté Mai dans son idée : « Un videur, je vous l'avais bien dit. » Nous avions attendu le marié sur la place de l'église, « comme il se doit », avait-il commenté. « Aujourd'hui, j'aimerais voir sur les visages toute la palette des émotions, y compris celle qui consiste à douter de la venue du marié. Suivie du soulagement de l'apercevoir enfin, même si d'habitude c'est la mariée qu'on voit arriver. — Ou pas », avait rectifié Suso Miñoca. Filles et garçons, nous faisions cercle autour de Mai, étrangers à ce qui s'était joué quelques heures auparavant à la porte de Punta Faxilda.

Elle portait un smoking blanc. Un smoking blanc avec un nœud papillon noir, la moitié de sa chevelure retombant en mèches ondulées et l'autre rasée, peu maquillée, avec juste les yeux ourlés de noir. Elle avait une beauté douce, et était peut-être à deux doigts de basculer dans la folie douce, mais on ne lui en tenait pas rigueur. Le smoking, elle l'avait emprunté à un serveur de la Casa Saladina le jour où Santi et elle étaient allés goûter le menu de mariage. Ça, elle devait nous le raconter plus tard, pendant la soirée à Faxilda. On était en train de leur mettre une langouste sous le nez et elle était restée à regarder le serveur – celui-ci devait comprendre plus tard qu'elle le jaugeait à la manière d'un boa constrictor –, puis lorsqu'il était venu reprendre les assiettes elle était sortie à sa suite (« Je vais aux toilettes », s'était-elle excusée). Elle l'avait abordé dans les cuisines, l'entraînant dans un coin (« Je vais te prendre tes vêtements, mais c'est pas pour aujourd'hui »), et elle lui avait demandé son smoking. « Je l'essaie demain, tu le rapportes et tu me le laisses pour le mariage ? » Le gars avait bafouillé ; maigrichon, un peu plus grand que Mai et la peau blanche comme un cachet d'aspirine, il ne devait pas avoir plus de seize ans. Elle l'avait regardé de haut en bas, enthousiaste : « Tu es idéal. — Merci, avait-il réussi à articuler. — Idéal pour ma tenue de mariée je veux dire, parce que toi en soi tu ne m'intéresses pas vraiment, tu es trop petit. »

C'était typique de Mai : elle récupérait tout, parfois avec beaucoup de culot, parfois par pure pensée magique, pour en tirer quelque chose de mieux ou d'unique, même si c'était souvent juste pour quelques heures. Chiffons, morceaux de tissu, cartons, bottes que personne ne portait plus, vieux rubans pour les cheveux : tout pouvait être recyclé en vêtements, cadres, peintures ou jouets pour Yulia. Elle faisait la même chose avec les gens. Que le smoking du garçon de restaurant qui allait faire le service au banquet de noces devienne la tenue de mariée la plus détonante et la plus éblouissante que la Costa da Morte ait connue pendant des décennies était, si elle en avait décidé ainsi, parfaitement adapté. Elle rendait logique l'idée la plus folle, et si elle y parvenait, c'était parce qu'elle en faisait quelque chose de mieux que si cela avait été logique dès le départ.

Santi s'était fait attendre plus que ce qui était tacitement convenu, contribuant ainsi à élargir la palette des émotions de tous ceux qui étaient présents. À un moment, don Eugenio avait passé la tête par la porte comme s'il avait guetté le chaland au seuil de son épicerie.

— Ah, donc c'est vraiment le marié qui fait attendre la mariée ? Bordel, vous, vous faites ce qui vous chante jusqu'au bout.

L'église était déjà pleine à craquer de personnes qui, j'en suis sûr, ne connaissaient pas du tout Mai, ni Santi sans doute, peut-être un peu Pepe Galvache pour l'avoir croisé sur un chantier. Avec le temps, j'ai compris que les gens s'engouffrent dans les églises sous n'importe quel prétexte, et un mariage n'est pas le moindre. Santiago Galvache était finalement descendu de voiture à six heures moins dix, et à peine avait-il posé le pied par terre que Lola l'avait attrapé par le bras pour l'entraîner jusqu'à l'autel. Elle était demeurée bien droite, cette brave femme, exception faite de deux ou trois soubresauts au milieu de l'allée centrale. La scène culte que devait immortaliser Novás, portant son appareil photo autour du cou comme un benêt, avait vu Mai, dans son incroyable smoking blanc et avec son invraisemblable coiffure, s'entretenant seule à seul avec le curé. Don Eugenio était un homme gras – quand j'étais petit je pensais qu'il fallait l'être pour devenir curé, car je n'en connaissais aucun qui ne le soit pas – et aussi grincheux, de ceux qui s'imaginent que Dieu est un fouet. Il avait un penchant prononcé pour la boisson – on aurait pratiquement pu parler d'alcoolisme –, qui adoucissait son caractère, chose terrible car cela donnait l'impression que sa consommation excessive résultait de l'effort collectif du village pour avoir un curé normal, aimable, tolérant et ne proférant pas de grossièretés. Tout le monde lui servait à boire.

— Tu es venue habillée en serveur de casino, avait dit don Eugenio à Mai lorsque les avait rejoints Pepe Galvache, qui devait conduire la mariée à l'autel.

— Aussi blanche que ces hosties qu'on vous a volées.

— Le blanc va bien à toutes les mariées, avait-il riposté, mais toi, ça te donne l'air d'appartenir à une secte.

— Alors là, je n'ai rien à répondre, les sectes, vous connaissez ça mieux que moi.

La marche nuptiale avait commencé à retentir et Santi avait fait son entrée. « J'ai été scotché, je n'avais jamais vu personne d'aussi stylé de toute ma vie », nous a-t-il dit en parlant de Mai. L'église n'était qu'un murmure d'attente qui allait s'intensifiant. Nous (Novás et moi bien sûr, et quatre ou cinq autres), nous nous tenions debout au fond. Yulia, après avoir apporté les *arras* à sa mère, était allée s'installer quelques bancs plus loin, avec Rebe. À part notre petite bande, cette dernière était la seule invitée du côté de Mai Lavinia ; du côté de Santi Galvache, entre la famille, ses copains du lycée et de l'équipe de hand plus nous, il y avait environ soixante-dix personnes. Le reste des invités étaient ceux de Pepe Galvache, qui ce soir-là allait réussir à caser deux cents personnes à Punta Faxilda en pensant que la moitié rentrerait chez elle après le banquet à la Casa Saladina. Or, non seulement aucune d'entre elles n'était repartie, mais on avait encore rameuté d'autres gens, qui s'étaient faufilés sans peine dans les jardins, envahissant le bois des Souvenirs. La maison, en revanche, était fermée à double tour ; ceux qui entraient le faisaient par l'intermédiaire de Santi ou Pepe, qui gardaient les clés (Lola, sous le coup de l'émotion, était partie dormir après avoir couché la petite).

Dans les rangs de devant, j'avais pu apercevoir la nuque du maire Francisco Girón y Girón. Et aussi d'autres amis fidèles de Pepe Galvache, même si la plupart attendaient dehors dans un bar. Et pour le reste de l'assemblée ? C'étaient des gens de la région, des habitants du coin qui, lorsqu'il y a des cérémonies de ce genre, viennent au départ en simples spectateurs et finissent par se mêler aux autres. Santi a raconté dans le documentaire qu'en arrivant à la hauteur de Mai, il lui avait dit qu'elle était « éblouissante » et lui avait demandé comment elle avait fait pour garder le secret autour de son costume. « Il n'y avait que son propriétaire qui était dans la confidence », avait-elle répondu. Puis elle avait ri fort avant de lui murmurer quelque chose à l'oreille.

Dix minutes plus tard, nous étions déjà tous en train de regagner la sortie. Au milieu du brouhaha et du riz lancé par poignées, Mai, le visage en feu, nous avait demandé où était Yulia. Lorsque je lui avais dit que pour ma part je n'en avais aucune idée, mais qu'il ne fallait pas s'inquiéter parce qu'elle devait être avec quelqu'un, elle avait répliqué : « Mais en dehors de moi, avec qui est-ce qu'elle pourrait être ? » L'un des invités, Miñoca je suppose, s'était mis en tête de distribuer des sifflets et de lancer des ballons, ce qui faisait un sacré bazar sur la place de l'église. Au bout de cinq minutes, en réponse aux cris désespérés de Mai, tout le monde s'était retrouvé à chercher Yulia Lavinia.

— Elle a été emmenée ! avait-elle répété plusieurs fois.

C'est alors que s'était approché d'elle, comme Novás

et moi devions nous en souvenir pour le documentaire, un homme avec un nœud papillon si bien noué autour du cou que sa tête paraissait sur le point d'exploser, la chemise parfaitement rentrée, un homme – dirait-elle quelques heures plus tard à la police – qui semblait né pour annoncer les disparitions d'enfants, il aurait tout intérêt à se spécialiser là-dedans et il aurait même pu monter une boîte d'événementiel qui formerait quatre ou cinq invités dans son genre, des corps aux larges poumons et à la barbe fournie, en les coachant sur la conduite à tenir en cas de disparitions de gamins.

Posant la main sur son épaule, l'homme lui avait dit :

— Mais qui l'aurait emmenée ?

Elle ne l'avait même pas regardé, pétrifiée devant la porte de l'église pendant que nous, le reste des invités et plus généralement tous ceux qui avaient assisté à la cérémonie, nous continuions à chercher la petite. Novás devait déclarer dans son interview qu'il s'était approché de Mai un instant et qu'elle lui avait dit qu'elle n'arrivait pas à croire qu'on ait emmené sa fille le jour de son mariage, alors il lui avait refait le coup du « Mais qui l'emmènerait, le jour de ton mariage ou n'importe quel autre jour d'ailleurs ? ».

— Quelque chose ne tournait pas rond, a dit Santiago Galvache. Depuis la veille au soir, depuis la rencontre avec son père, quelque chose ne tournait pas rond du tout. Et ce quelque chose n'avait rien à voir avec elle ni avec sa façon d'être, son apparente dégradation psychique qui, quoi qu'on en dise, n'était pas si marquée que ça. Ce qu'il y a, c'est qu'après la disparition de Yulia, le temps passant, lorsqu'on a su qu'elle était atteinte d'une maladie mentale, les uns et les autres se sont mis à dire qu'ils l'avaient bien vu, qu'elle était folle, que c'était évident. Des histoires stupides ont aussi commencé à circuler, et toutes les choses qu'elle avait pu dire ou faire parce que c'était Mai, qu'elle était comme ça, juste parce qu'*elle était comme ça*, ont finalement été imputées au fait qu'elle n'était précisément pas comme ça. Elle déclinait de manière progressive, très progressive, mais ça, seuls ceux d'entre nous qui étaient le plus proches d'elle pouvaient le savoir.

On avait entendu Susiño Miñoca qui criait depuis la calle de los Concheiros, une rue parallèle à l'église fermée pour travaux. Yulia était là, accroupie, la culotte au niveau des genoux, en train d'uriner contre une palissade. Rebe se trouvait avec elle, ignorant tout de l'émoi ambiant. « Elle voulait faire pipi », avait-elle dit.

C'était encore une gamine, Rebe. Elle n'était pas souvent venue cette année-là, mais assez pour que cela aide vraiment Mai à conserver un lien, aussi ténu soit-il, avec son passé immédiat. En parlant d'elle, elle disait toujours : « Qu'est-ce que certaines filles peuvent se montrer gamines même quand elles n'en sont plus. » À la table des mariés, à la Casa Saladina, avaient pris place Mai, Rebe, Yulia, Santi et Pepe Galvache, qui avait tenu le temps d'un plat avant de filer rejoindre ses copains. Sa chaise avait ensuite été occupée par un autre gamin, Julián, le garçon de seize ans à qui Mai avait emprunté son smoking. Elle le lui avait d'ailleurs rendu en arrivant au banquet (« J'ai prévu une robe de soirée pour le dîner, s'asseoir pour manger en tenue de mariée, c'est un truc de ploucs »). Il l'avait alors enfilé et avait même servi les premiers plats avec, bien que Mai ait fait un ourlet et resserré la jambe, de sorte que ça donnait l'impression qu'il portait un cuissard, et le vieux Galvache s'était mis à l'interpeller à coups de « Allez, le cycliste » jusqu'à ce que, ayant vent de cette histoire de tenue de mariée, le gérant du restaurant décide d'accorder sa soirée au gars. Et alors qu'il était sur le point de rentrer chez lui, la tête en compote, Mai l'avait appelé et lui avait fait signe de s'asseoir à leur table parce qu'elle avait, je pense, le secret espoir que Rebe sorte avec lui à la faveur des effluves de la fête, même si j'étais pour ma part convaincu, sans raison particulière, que ladite Rebe était lesbienne. Je n'en ai jamais touché mot à Mai parce que j'avais l'impression qu'elle ne savait même pas ce qu'était le lesbianisme. C'était comme si une modernité sélective avait accaparé sa tête et qu'à force de vouloir l'exhiber avec effronterie et panache, elle avait laissé l'autre hémisphère cérébral dans des ténèbres dignes du Moyen Âge.

Novás, qui avait aussi passé un long moment avec eux à table, remarquerait que Rebe était au bord de la crise de nerfs à l'idée de devoir lire quelque chose à Punta Faxilda, où deux discours, suivis de la danse des mariés, étaient prévus pour ouvrir la soirée (Mai aurait voulu qu'on mette « Juste une chanson » de Patricia Kaas, mais comme personne n'avait pu la trouver ni ne s'expliquait d'ailleurs comment elle connaissait ce genre de trucs, elle s'était rabattue, pour faire la nique à tout le monde, sur « Cose della vita » d'Eros Ramazzotti, qui passait sur toutes les ondes ; Santi, qui n'avait jamais écouté une chanson jusqu'au bout de toute sa vie et ignorait que Mai l'avait choisie juste parce qu'on ne pouvait pas mettre celle qu'elle voulait au départ, lui avait dit en dansant : « Elle est magnifique, mon amour »). Ça, il devait le raconter lui-même mort de rire dans le documentaire, s'aventurant au passage à reprendre une partie des paroles en imitant la voix nasillarde de Ramazzotti : cette séquence-là allait être soigneusement coupée par Soneira. C'était aussi à la table des mariés, quelques instants avant le départ pour Punta Faxilda, que Novás avait vu Mai passer un papier plié à Julián le serveur qui, avec ses deux verres de Ballantine's dans le nez, commençait à reprendre du poil de la bête. « Rebe ne va pas pouvoir lire, elle a beaucoup trop peur, la pauvre. Tu n'as qu'à le faire toi, tu m'as l'air de péter le feu », avait-elle alors lancé au gars. « En y repensant, c'était tout un poème de le voir pérorer dans la tenue de la mariée », a raconté Novás.

— Qu'est-ce qu'il a lu, tu t'en souviens ? C'était ce que Mai avait écrit dans sa chambre ? lui a demandé Berta Soneira lors de son interview.

— Oui, bien sûr, tu vas le savoir tout de suite. En tout cas, ça m'a bien fait rire. On a mis deux, trois ans à découvrir le pot aux roses : son discours, presque mot pour mot, se trouvait sur Internet.

— Un poème d'Emily Dickinson ?

— Tu vas voir – Martín Novás s'est mis à lire sur son téléphone portable, s'imaginant écarter au passage les nouvelles que l'algorithme, alors qu'il effleurait l'écran de son doigt, aurait pu faire apparaître concernant sa retraite du monde du football, comme il devait nous l'avouer un jour.

C'était, il faut bien le dire, le discours de mariage parfait. Il n'était pas d'elle, mais d'Iggy Pop, ce qui ne l'empêchait pas d'être parfait. Comme sa vie.

— « Monte dans la voiture, nous serons le passager. Nous nous promènerons à travers la ville ce soir. Nous verrons l'arrière déchiré de la ville. Nous verrons le ciel lumineux et creux. Nous verrons les étoiles qui brillent si fort. Regarde par la fenêtre. Que vois-tu ? Tu vois le ciel creux et silencieux, tu vois les étoiles apparaître ce soir. Et tout a été créé pour toi et moi. Tout a été créé pour toi et moi. Car ça nous appartient. Alors allons faire un tour et voir ce qui est à moi. »

Berta Soneira est restée absorbée quelques secondes.

— C'est une belle chanson, a-t-elle dit soudain. Et un magnifique discours de mariage.

Cette nuit-là aussi avait été étoilée, avec un ciel clair et limpide. La mer était calme et la lune, en s'y reflétant, évoquait un tapis blanc déchiqueté. La fête dans les immenses jardins avait été incroyable du début à la fin, comme une horloge dont on découvrirait qu'elle fonctionne depuis l'origine des temps. C'était une de ces soirées où les gens se sentent libres de révéler un secret qui leur pèse, d'embrasser qui ils veulent et comme ils veulent ; Mai en avait parlé comme de « la fois où, après avoir essayé tout un tas de danses ridicules chez toi devant le miroir, tu te décides à en faire une démonstration publique ». Elle, cependant, ne buvait pas, sans doute à cause de la fatigue accumulée la nuit précédente, faisant des allers-retours compulsifs entre la fête et la chambre de la petite. Elle était accompagnée tantôt par Rebe, tantôt par Sonia, parfois aussi par Santi. Elle montait l'escalier terrifiée puis le redescendait en sautillant, joyeuse, et essayait alors de se plonger dans la fête, en vain. « Je suppose qu'il y a eu un moment où elle s'est relâchée, où il y avait trop d'invités, où ça s'est mis à partir dans tous les sens. Il a commencé à y avoir trop de monde et peu de maîtrise de la situation », a déclaré Novás.

« À aucun moment elle ne s'est relâchée, a rectifié Santiago. Elle a juste essayé de penser à autre chose parce qu'elle a fini par se dire que son obsession n'était pas raisonnable, mais plutôt maladive. Depuis la rencontre avec son père, quelque chose s'était enclenché dans sa tête, ce qui au départ était assez logique s'il avait menacé d'emmener Yulia, mais les heures passant le CD s'était mis à tourner de plus en plus vite, jusqu'à être sur le point de s'éjecter. Elle luttait pour empêcher que ça n'arrive, ou plus exactement elle en était au stade où elle n'y parvenait plus qu'à grand-peine. Et en plein pendant son mariage, le fait de monter la garde dans la chambre de la petite pour qu'aucun invité ne l'embarque n'était pas encore l'attitude de quelqu'un qui n'a plus toute sa tête, même si cela y ressemblait. Elle était très vigilante là-dessus. Au point que, parfois, elle faisait des trucs qui semblaient dignes d'une folle, mais qui avaient du sens. »

Mai n'avait pas quitté Rebe et Sonia de la soirée. « Rebe était une fille profondément angoissée, réservée, dotée d'une immense capacité à aimer qui n'avait pas été entamée parce qu'elle n'avait personne de proche à aimer, ou qui en vaille la peine, jusqu'à ce qu'elle rencontre Mai », a expliqué Sonia Sardinas, Sonia la Rousse, dans le documentaire. « Moi, j'étais plus *festeira* comme on dit dans la région, plus fêtarde, plus fofolle. C'était naturel chez moi, pas besoin de boire ou de prendre des trucs. Moi, j'aime bien danser, chanter, ce genre de choses. Dit comme ça, ça paraît un peu ridicule, non ? Si c'est ridicule, ne le laissez pas, s'il vous plaît [...]. Mai avait pleuré, je ne sais pas pourquoi, elle n'était pas avec moi quand elle a pleuré. Mais son maquillage avait un peu coulé, et elle m'a demandé de l'accompagner dans la salle de bains. Il était déjà tard, trois ou quatre heures ? Et il y avait moins de monde, mais il restait quand même pas mal de gens. La fête battait son plein, on dansait de manière déchaînée et ça commençait à sentir la sueur, en tout cas de mon côté.

On est allées dans la salle de bains, on a fait un brin de toilette, on s'est remaquillées un bon coup et on a enlevé nos chaussures avant de retourner dans le jardin sauter partout comme des folles, parce qu'elles nous faisaient mal et que j'avais réussi à convaincre Mai de danser, pour relâcher un peu la pression par rapport au mariage, vu qu'elle était vraiment tendue. »

— C'est avec moi qu'elle a pleuré, a déclaré Novás lors de son interview. Juste avant d'aller dans la salle de bains avec Sonia, elle s'est mise à pleurer, comme ça. Elle s'est blottie contre moi et elle a pleuré, puis elle s'est précipitée vers la salle de bains, en entraînant la Rousse.

— Tout ce qui s'est passé après ça était si bizarre que j'ai toujours cru qu'elle avait dit quelque chose à Martín Novás, ai-je pour ma part raconté. J'ai toujours pensé qu'il savait quelque chose qu'on nous cachait à nous, le reste de la bande. Lui, Santi… Je suis incapable de parler d'eux avec des mots objectifs ou bienveillants parce que je les ai tenus pour responsables pendant toutes ces années, vu que j'étais persuadé qu'ils détenaient une clé qui puisse expliquer quelque chose.

— La seule information que j'avais et qu'eux deux n'avaient pas, a déclaré Santiago Galvache, c'était que Mai avait appelé son père et qu'il était venu pour demander qu'elle « rende » Yulia – c'est le mot qu'il a employé –, et lorsque ensuite j'ai demandé à Mai si c'était vraiment sa fille, elle m'a répondu que là n'était pas la question. C'était une information importante, mais au-delà de ça tout est devenu clair pour moi ce jour-là, même si dans le fond je ne savais rien : j'en ai eu l'intuition ce jour-là.

— Et qu'a donné l'enquête sur le père de Mai ? lui a demandé Berta Soneira.

— En fait, il n'y a pas eu d'enquête sur le père de Mai. Ou plutôt, elle a tourné court quand ils ont eu la certitude que ça ne pouvait pas être lui qui détenait Yulia. Mais ça, Mai le savait déjà, elle leur avait dit que ce n'était pas son père qui avait fait le coup. Tout ce qu'elle leur demandait, c'était qu'ils lui ramènent Yulia. Mais il n'y avait pas de papiers, pas de livret de famille, rien. Ç'a provoqué une gigantesque explosion médiatique qui a duré quelques jours avant de retomber de façon un peu trop mystérieuse, si tu veux mon avis.

— Personne n'a posé de questions ?

— On savait qu'il s'était passé quelque chose de trouble et qu'on nous le cachait, mais on n'aurait pas su dire qui était au courant avec certitude. Et pour ma part, je ne pouvais pas beaucoup faire avancer les choses, vu qu'après tout ça Mai est restée muette et a perdu la raison. Même si un jour j'ai insisté, je me suis mis en colère, j'ai envoyé valser des trucs. Elle m'a dit quelque chose comme quoi la vérité importait peu si elle était injuste, et que ce qui s'était passé était injuste, et que ce qui était juste ce n'était pas tant qu'on forme une famille tous les trois, mais que Yulia ait des parents comme nous.

Lorsque cet homme, que Mai avait reconnu, un homme aux larges poumons et à la barbe fournie, avait donné l'alerte (« *A nena non está* »), la première chose qu'elle avait faite (« J'étais avec elle, elle est devenue toute pâle », a rapporté Sonia), ç'avait été de consulter sa montre et de remarquer que si quelques heures plus tôt elle était épuisée, à présent ça lui avait complètement passé. Et elle avait commencé à dire que tant que la petite ne serait pas réapparue, elle n'aurait plus jamais sommeil, elle ne serait plus jamais fatiguée, même si elle essayait de toutes ses forces, même si elle pleurait de rage de ne pouvoir se fatiguer quoi qu'elle fasse, comme si après avoir marché cent kilomètres elle s'était rendu compte avec effroi qu'elle pouvait marcher cent kilomètres de plus. Comme si la disparition d'un enfant entraînait automatiquement la perte d'un certain nombre de droits, à commencer par celui de rester en vie en croyant en sa propre innocence et en celle des autres.

— Sonia l'a serrée dans ses bras, et tandis qu'elle était blottie contre elle, Mai m'a regardé, a dit Santi. Ça m'a toujours frappé quand une personne vous regarde alors qu'elle est dans les bras de quelqu'un d'autre, c'est un type de regard très particulier. Au fond, ce n'était pas de Sonia qu'elle avait besoin, c'était de moi. Mais j'étais en colère contre elle à ce moment-là et ç'a duré, parce que Mai savait qu'on allait emmener Yulia, et si elle le savait, c'est parce que ce n'était pas sa fille. Et moi je m'étais attaché à cette petite pendant un an, moi je l'aimais. Pour moi aussi cette histoire ç'a été un enfer, même si tout a tourné autour de Mai. Elle a passé un mois sans dormir avec moi.

Berta Soneira lui a alors posé la question qui me trottait dans la tête :

— Mais pourquoi tu n'en as pas parlé ensuite ?

— Est-ce que c'est si important que ça ?

— Eh bien…

— Ça aurait réconforté quelqu'un ?

— Je suppose que non.

— Et puis, a poursuivi Santiago Galvache, je n'aurais pas su quoi répondre aux questions qui seraient venues ensuite. On ne commence pas à donner une réponse quand on ne peut pas toutes les donner. Dans ces cas-là, il vaut mieux se taire. Mais la douleur était bien réelle. La tragédie était bien réelle.

Lorsque Berta Soneira a considéré que la série d'interviews était terminée, laissant donc pour ainsi dire l'affaire au point où elle l'avait trouvée, à l'exception d'une porte ouverte inattendue, m'est revenue à l'esprit une phrase prononcée par Mai Lavinia à l'époque où elle pouvait encore à peu près tenir une conversation, les premières fois où j'étais allé la voir à Punta Faxilda après le mariage. À l'époque où au village circulait la rumeur, avec son lot de suppositions, de soupçons et d'histoires la concernant, selon laquelle c'était elle, Mai, qui avait orchestré le seul et unique enlèvement de Yulia. Elle m'avait dit : « On a fait un truc vraiment difficile, on a bien profité. Maintenant, on va devoir faire la chose la plus facile au monde, on va en baver. »

13

Berta

Le 13 décembre 2014, à l'aéroport international de Southampton, sur la côte sud de l'Angleterre, un avion a effectué un atterrissage d'urgence après avoir décollé vingt minutes plus tôt. À peine a-t-il touché le sol qu'il a commencé à prendre feu ; plusieurs passagers ont réussi à sortir grâce au toboggan d'évacuation. Ce spectacle, terrifiant, a été filmé par d'autres voyageurs qui attendaient dans le terminal. Certains sont cependant restés coincés à l'intérieur de l'appareil, car l'incendie s'est rapidement propagé. L'un des passagers ayant pu rejoindre le tarmac, Anthony M. Debussy, est alors retourné dans l'avion tandis que les autres hurlaient pour l'en empêcher : le feu avait envahi tout l'appareil, qui menaçait d'exploser d'un instant à l'autre. L'homme, âgé de cinquante-six ans, est passé outre. Il est rentré dans l'avion, disparaissant au milieu des flammes, et peu de temps après a fait glisser trois enfants, piégés dans l'incendie, par le toboggan. S'y jetant ensuite à son tour, il les a récupérés sur la piste et, en tenant deux dans ses bras et un par la main, il l'a traversée pour rejoindre le terminal, leur sauvant ainsi la vie. L'avion a explosé six minutes plus tard, et Anthony M. Debussy, gravement affecté par la fumée inhalée, est tombé dans le coma au bout de quelques heures, alors qu'il était déjà hospitalisé, avant de décéder la semaine suivante ; des centaines de bougies, de prières et de photos de lui se sont accumulées le long des grilles de l'hôpital et les hommages se sont multipliés dans le monde entier. L'un des enfants est mort la nuit du drame, les deux autres ont survécu. Ils avaient entre six et neuf ans, le même âge que les enfants qui avaient été abusés sexuellement par Anthony M. Debussy deux décennies plus tôt, crimes pour lesquels il avait passé douze ans en prison. L'affaire a été déterrée par un journaliste du *Southampton Star*. Et entre le moment où il a fait cette découverte et celui où il l'a publiée, il y a eu deux semaines de débats houleux au sein de la rédaction ; débats qui ont gagné la société anglaise lorsque la nouvelle a commencé à se répandre dans les médias.

Cette histoire apparaît dans le livre de Berta Soneira réunissant des entretiens fictifs avec diverses personnalités du monde politique et culturel ; elle avait ainsi « interviewé » le directeur de ce journal, le *Star*, qui était inventé de toutes pièces, au même titre qu'Anthony M. Debussy et l'accident, pour chercher à savoir ce qu'elle aurait fait à sa place, s'interrogeant sur son propre rapport au journalisme, à la vérité et aux lecteurs.

Adolfo Mago Sampedro, qui n'avait pas lu l'ouvrage, s'est montré emballé en entendant l'histoire de la bouche même de son autrice, sur la terrasse du Ranchito. C'était le dernier jour de Soneira à Xaxebe. Elle était passée me chercher à la maison, m'avait trimballé à travers le village, presque sans dire un mot, et nous nous étions assis pour boire une bière. Elle semblait apaisée. Je lui ai demandé si elle était satisfaite et elle m'a dit qu'elle avait un millier d'heures d'enregistrement, et même de nouveaux témoignages qui éclairaient ou étaient susceptibles d'éclairer l'affaire sous un nouveau jour, mais qu'elle avait surtout ouvert la focale et creusé la figure de Mai Lavinia. Comme la vie de Mai avait été si brève, et que ses deux années à Xaxebe avaient filé à toute allure avant de tourner au drame, les gens avaient dressé d'elle le portrait qui cadrait le mieux avec leurs préjugés, leurs croyances et leurs projections, presque toujours malveillantes. Pendant des années, lorsque l'on évoquait la disparition de Yulia Lavinia, Mai apparaissait dans la conversation enveloppée de questionnements, ce qui est la plus grande insulte que l'on puisse faire à une victime. Soupçons, doutes, mystère. L'usage de la formule « les enquêteurs n'excluent pas... » donnait libre cours, dans les médias puis dans la rue, à toutes sortes de racontars aberrants, comme quoi Mai aurait tué Yulia, même si ce n'était jamais dit en ces termes, ou bien aurait été complice de son enlèvement, à moins qu'elle ne sache où était le corps, comme l'a assez récemment prétendu un média à scandale en ligne en s'appuyant sur une source anonyme. Alors qu'elle-même ne savait déjà plus où était le sien.

Mago Sampedro avait bien accroché avec Berta Soneira ; elle, elle le voyait comme le type même du journaliste sans scrupules, du vieux briscard avec sa face sombre et son lot de vices sans lequel tout journal ne serait qu'un ramassis de communiqués de presse, faute de pouvoir faire le plein de nouvelles consistantes.

— La merde, c'est vraiment mal vu, mais on doit faire avec, lui a-t-il dit à un moment donné. C'est pour ça que si tu veux travailler dans une rédaction, tu dois en ramener sur tes chaussures. Comme ça, tu évites d'en avoir sur les mains et d'écrire avec.

Après s'être fait servir une bière, il a demandé qu'on lui apporte des olives à la place des chips. Se plaignant, en se tâtant le ventre, que celles-ci étaient trop grasses, il a avoué avoir entamé un régime. Mais il a tout de même précisé au serveur qu'il voulait que les olives soient fourrées aux anchois, car « faut pas confondre être à la diète et virer hystérique ».

— L'un des sénateurs romains ayant assassiné Jules César est passé dans le coin, sur la Costa da Morte. Ça les a pétrifiés d'horreur, ses légions et lui, de voir le soleil se faire engloutir par la mer. Le *finis terrae* : ils pensaient que tout s'arrêtait là. Ce sénateur s'appelait Decimus Junius Brutus Callaicus, a lancé Mago, sans préambule.

— C'était le Brutus de « *tu quoque mi fili* » ? a demandé Berta.

— Non, mais il était de la même famille, c'était un cousin éloigné. Ils ont trempé tous les deux dans la conspiration contre Jules (il a juste dit « Jules » et moi, j'ai mentalement porté les mains à ma tête). Il est arrivé ici par la Lusitanie. Ils se sont bien mis dessus, avec les Celtes.

— Je ne voudrais pas jouer les emmerdeurs, l'a interrompu le serveur, mais celui dont tu parles qui a participé à la conspiration, c'est Decimus Junius Brutus Albinus, le cousin éloigné de César et de Marcus Junius Brutus, qui pour le coup était le traître du « *tu quoque* ». Tandis que celui qui est venu ici, sur la Costa da Morte, c'était le grand-père de Marcus Junius. Faut pas confondre.

Mago l'a fixé. C'était un homme mûr, d'une soixantaine d'années, non dépourvu d'une certaine noirceur.

— Ça fait beaucoup de Junius Machin, non ? Junius, ça veut dire juin, c'était le seul mois qu'ils connaissaient ?

Le serveur a haussé les épaules.

— Et dis-moi, maintenant on vous demande de connaître l'histoire de Rome pour bosser au Ranchito ?

— Non, mais il se trouve que ma famille vient de Valence. Qui, comme tu le sais, a été fondée par Decimus Junius Brutus Callaicus.

— Eh bien, il n'a pas dû la fonder comme il faut sinon il se serait appelé Valencien. Et ton « comme tu le sais », je le retiens, jeune homme.

Le serveur a tourné les talons, résigné ; il connaissait bien Mago, qui était un sauvage inoffensif, délicieux et plein de sagesse.

— Decimus Junius Callaicus, a repris Mago, baissant un peu la voix au cas où le personnel du bar l'entendrait, devait traverser le fleuve Limia, qu'eux, ils appelaient « Léthé ». À l'époque, on croyait que quiconque le traversait perdait la mémoire, du coup les légions se tenaient tétanisées au bord de l'eau, refusant de s'y aventurer. Decimus Junius Callaicus s'est donc avancé seul et, une fois sur l'autre rive, il s'est mis à appeler tous ses soldats par leur nom les uns après les autres pour qu'ils comprennent qu'il n'avait pas perdu la mémoire.

Mago a alors fourré une olive dans sa bouche, a croqué d'un coup sec dedans, la croyant aux anchois, mais il est tombé sur le noyau et une dent a sauté.

— Quel *papahostias* ! Quel sot ! a-t-il dit en se retournant. – L'air passait par le trou de la dent disparue, l'une des incisives du bas, si bien qu'il prononçait les « s » en sifflant. – Arrête de me regarder comme ça et cherche la ratiche, bordel ! m'a-t-il hurlé dessus.

Je l'ai récupérée par terre avec une serviette et l'ai posée à côté de la bière, comme s'il s'agissait d'une *tapa* d'un nouveau genre. « C'est une couronne », a-t-il précisé. J'ai pris un air très intéressé, mais il a poursuivi sur sa lancée :

— J'avais les dents trop petites, on m'a diagnostiqué un truc en rapport avec ça.

— Ça méritait un diagnostic ?

— Oui, même les nains se font diagnostiquer leur achondroplasie. C'est bien beau de constater, mais ensuite il faut savoir interpréter.

— Et qu'est-ce qu'on t'a fait, on t'a rallongé les dents ?

— On me les a foutues en l'air pour m'en mettre d'autres à la place. Du coup, ce que j'ai là, c'est des couronnes – il a ouvert la bouche de façon outrancière.

Berta Soneira l'a observé avec un dégoût non dissimulé (« Je regrette l'époque où je ne connaissais pas les hommes ») avant de boire une gorgée de bière. Le village sentait la marée.

— Il y a cette odeur quand la mer est basse, a dit Mago, c'est comme la viande quand elle est presque pourrie, c'est là qu'elle a le meilleur goût. Va savoir ce qu'il y a dedans.

— La Méditerranée ne sent pas, a commenté Berta.

— Parce que les gens meurent loin de vous, ici ils meurent sous notre nez.

— Voilà, ça doit être ça.

— Si vous avez bouclé le documentaire, a dit Mago, et qu'il n'y a pas de caméras dans les parages (parce que bon si tu veux que quelqu'un mente, dis-lui qu'il est filmé), je vais vous donner mon impression sur cette affaire. Après vingt-cinq ans, j'en suis arrivé à la conclusion que c'est le journal qui n'a pas parlé de l'histoire qui a paradoxalement raflé le scoop. Et s'ils en ont tous parlé, ce que je ne saurais pas vous dire comme je ne les lis pas tous vu que je tiens à ma santé, alors celui qui avait la vraie histoire, c'est celui qui a laissé tomber le premier.

— Tu veux dire qu'en fait il n'y avait pas d'histoire.

— Du baratin, rien que du baratin – il a brandi sa choppe avec enthousiasme et a porté un toast à José Antonio Ventín, mort dix ans plus tôt. « Mon cher directeur de la rédaction. Même une montre à l'arrêt donne la bonne heure deux fois par jour. Ça vaut pour toi. »

Ventín avait dirigé le journal de Xaxebe pendant d'innombrables années. Mago Sampedro parlait de son histoire à qui voulait l'entendre, et Berta Soneira n'y a pas coupé. En fait, il la racontait si souvent que j'en étais moi-même venu un jour à mettre en scène Ventín dans l'une de ces nouvelles estivales que les journaux nous commandent parfois pour assurer le mois d'août pendant qu'on est en vacances.

Ventín était effilé et blanc comme une bougie. Il arrivait tous les matins sur le coup de onze heures avec une tête d'enterrement et s'enfermait dans son bureau, le visage enfoui entre les bras, gardant un œil sur la porte au cas où on l'ouvrirait insidieusement. Chaque fois que quelqu'un rapportait une exclusivité, il lui fallait avant tout convaincre Ventín. Le directeur chaussait alors des lunettes outrageusement grandes, qui avaient dû appartenir à son arrière-grand-père, et fixait avec une tête de morse le rédacteur. Lorsque ce dernier avait fini, Ventín ouvrait une bouche tremblotante :

— Et ça... est-ce que quelqu'un est déjà sur le coup ?

— Non, bien sûr.

— Ah, quelle tuile !

Le directeur Ventín ne disait « quelle tuile » qu'en deux occasions : lorsqu'il n'y avait plus de barres chocolatées dans le distributeur et lorsque le journal pouvait un tant soit peu sortir du lot. La simple idée qu'on y fasse paraître un scoop lui donnait des haut-le-cœur. Car le directeur Ventín, un homme arrivé du fin fond de la province, n'aspirait qu'à publier chaque jour en première page ce que ses lecteurs savaient déjà : il ne voulait pas les effaroucher, il se sentait tenu de leur offrir un monde familier et paisible. Ce n'était pas de la servilité à l'égard du pouvoir, ou l'ennui à l'idée de devoir décrocher son téléphone le lendemain, ou même la crainte d'une éventuelle rectification, mais plutôt que Ventín détestait tout simplement l'actualité. Chaque événement nouveau survenant dans le monde le plongeait dans la consternation. Il passait la journée entière enfermé dans son bureau, où radio et télévision prenaient la poussière, à consulter des papiers inutiles, à faire des mots croisés et à jeter des coups d'œil furtifs vers une petite fenêtre par laquelle il pouvait deviner si le soir commençait à tomber. Lorsqu'une page contenant une nouvelle quelconque lui parvenait entre les mains, José Antonio Ventín devait se faire violence pour ne pas le prendre mal.

— Donc là, vous êtes en train de m'expliquer que vous avez travaillé toutes ces dernières semaines pour en avoir la confirmation.

— C'est bien ça.

— Et qui vous y a autorisé ?

Après avoir donné son feu vert, bien à contrecœur, il passait le reste de la journée à réfléchir à la manière de ne pas faire apparaître ça en première page.

Très vite, dans la rédaction, on avait adopté l'expression « se faire ventíner ». On l'employait lorsque quelqu'un revenait de la mairie avec une annonce quelconque ou qu'un agent de police appelait un journaliste pour lui faire part d'un fait divers. « Toi, tu vas te faire ventíner », prévenait le directeur adjoint Fernández avec le ton contenu de celui qui aurait annoncé une exécution imminente. Au sein de la rédaction avait commencé à se répandre le soupçon selon lequel les prochains à se faire renvoyer dans ce contexte de crise seraient ceux qui s'aventureraient à publier de vraies nouvelles, si bien que les journalistes s'étaient bêtement mis à les éviter. Ils ne décrochaient plus le téléphone, se rendaient de leur domicile au bureau par des rues peu fréquentées et si quelqu'un tentait de les approcher pour leur donner un tuyau, ils le fuyaient comme la peste.

Le journal était devenu un dispositif parfaitement huilé. En l'ouvrant, on avait le sentiment que Ventín évoluait enfin dans le monde qui lui convenait. Tout au plus y interviewait-on l'animateur de quelque fête locale. Les opinions stupides de quelqu'un de stupide comblaient de joie le directeur, qui faisait ce matin-là son entrée dans les locaux du journal avec un peu plus de couleurs aux joues. « L'interview était très réussie, disait-il, je me demande si je ne vais pas aller faire un tour du côté de cette fête aujourd'hui pour écouter ce monsieur. »

— Ce fameux jour était férié, mais Ventín est quand même venu travailler, parce qu'il était toujours sur le qui-vive, a expliqué Mago Sampedro à Berta Soneira. Le téléphone n'a pas sonné avant onze heures. J'étais de garde et lui, il faisait un *damero maldito*, tu vois, ce jeu de lettres, dans son bureau. Il a été tellement saisi par la sonnerie qu'il a décroché lui-même le combiné. La personne à l'autre bout du fil, tout autant surprise qu'on lui réponde si vite, a raccroché aussi sec. J'ai entendu Ventín dire « Oui ? Oui ? » avant de raccrocher à son tour en râlant. Il s'est levé en hyperventilant. L'atmosphère était à couper au couteau.

Le téléphone avait recommencé à sonner, a-t-il poursuivi. Ventín l'avait regardé d'un air de défi : ça devenait une affaire personnelle. Il s'en était approché et, de la façon la plus normale possible, avait de nouveau décroché, les lèvres frémissantes.

— Une petite fille disparue ?

Sampedro l'avait observé qui secouait sa montre sur son poignet.

— Et qu'est-ce qui vous fait penser que cela pourrait nous intéresser à l'heure qu'il est ?

—…

— Précisément, ici c'est un journal, pas un commissariat.

Il avait raccroché comme Mago ne l'avait vu faire qu'avec sa femme, avant de replonger le nez dans le *damero maldito*, tenant son crayon en l'air avec dégoût comme si cela avait été un ver de terre. « Et merde, va à Faxilda voir ce qui se passe », avait-il finalement dit à Mago avec un soupir de défaite.

— J'aimerais autant qu'on n'en revienne pas à Punta Faxilda, si ça ne t'embête pas, l'a interrompu Soneira à ce stade de son récit.

— Non, non, de toute façon j'ai dit tout ce que j'avais à dire là-dessus dans l'interview.

— Tout sauf ces trucs si éclairants à propos des journaux et de leurs exclusivités.

— Ça, c'est juste pour m'écouter parler, il ne faut pas y accorder trop d'importance, a rétorqué Mago en riant.

Selon lui, comme il l'a expliqué, le monde était plein de belles histoires qu'on arrivait parfaitement à se faire croire du moment qu'elles nous aidaient à nous sentir bien. Ce n'est donc qu'une fois terminée la mascarade, ou quel que soit le nom qu'on lui donne, que tous au village avaient compris que celles qui avaient débarqué à Xaxebe un an plus tôt n'étaient qu'une gamine de seize ans accompagnée d'une petite fille, aussi terrifiées l'une que l'autre, fuyant sans doute quelqu'un ou quelque chose. Mais tout le monde avait vu à l'époque ce qu'il voulait voir, à commencer par un personnage soi-disant fascinant qui n'était rien d'autre au fond qu'une adolescente dérangée mentalement. « Sacrément attirante, sacrément marrante et qui donnait sacrément envie de lui passer la bague au doigt, ça je te l'accorde », a-t-il conclu.

Nous sommes allés à Punta Faxilda dire au revoir à Pepe Galvache et à Lola, et les remercier pour leurs interviews ainsi que leur hospitalité. Ils nous ont réservé un accueil sympathique et sans chichis, comme on pouvait s'y attendre à cette heure flottante avant midi, c'est-à-dire au moment où l'alcool et une sorte de légèreté théâtrale commençaient à la fois à égayer et à embrumer la maison. Berta Soneira était radieuse et charmante. On était début mars, le printemps arrivait et le printemps à Madrid, disait-elle, c'était la meilleure saison dans la meilleure ville du monde. Pepe Galvache nous attendait sous le porche d'un air préoccupé, car la veille nous avions interviewé son fils.

— Il a dormi ici, mais il est reparti aujourd'hui. Je lui ai demandé comment ça s'était passé et il m'a dit que je verrais bien, a-t-il souri. J'aime autant te le dire, il se laisse facilement embobiner. Berta Soneira a souri à son tour et s'est assise à côté de lui en lui tapotant la cuisse.

— J'ai trouvé votre fils super. Novás aussi, d'ailleurs.

— Et qu'est-ce qu'il t'a dit alors ?

— Que vingt-cinq ans après toute cette histoire, son père

devait encore se tourner vers une journaliste pour savoir ce que son propre fils pensait de son mariage raté.

Pepe Galvache s'est tendu, mais sans le montrer ouvertement. Il devait sans doute cette aptitude rare à son expérience de joueur de cartes.

— Et aussi qu'en gros la fille de Mai n'était pas vraiment sa fille. Mais ça, j'imagine que vous le saviez déjà. Ce que je me demande, c'est depuis quand et pourquoi vous ne l'avez pas dit.

Pepe Galvache, en vieux renard, l'a fixée pendant plusieurs secondes.

— Là, on n'est pas filmés, dis-moi ?

— D'après vous ?

— Mais alors qu'est-ce que mon fils t'a dit au bout du compte, raconte-moi...

Soneira a inspiré à pleins poumons l'air pur de la côte. De là où ils se trouvaient, elle pouvait voir la plage déserte et glaciale de Xaxebe.

— Vous voyez, cette chanson des Beatles, « Let it be » ? Eh bien, c'est ce que votre fils m'a dit, « Let it be ». Tout comme vous, d'ailleurs. Pareil pour celui qui vous fait office de maire.

Pepe Gavache a fait un truc impayable : il a pris son téléphone portable, a demandé à Soneira de lui épeler « Let it be » et l'a entré dans le traducteur de Google.

— « Qu'il en soit ainsi », a-t-il lu. Ah ! ça me semble parfait. On s'est fait berner et on s'est bernés nous-mêmes, qu'il en soit ainsi.

— Et est-ce que je peux vous demander une dernière chose ? Au passage, veuillez excuser cet air de dénouement d'intrigue policière, mais je peux vous assurer que cette intrigue, je la connaissais déjà en arrivant ici.

— Tu la connaissais déjà ? Dans ce cas, éclaire ma lanterne, bon sang !

— Non mais vraiment, je peux vous poser encore quelques questions ?

— Tu comptes nous mentir encore longtemps ?

Galvache est devenu sérieux, pinçant comme il en avait l'habitude ces lèvres si incroyables qu'elles semblaient refaites, à supposer qu'il ait eu connaissance de ce genre d'intervention.

— Je ne mens pas. Quand je mens, je m'ennuie.

— Je vois. Eh bien si tu veux qu'on parle, ça doit rester entre toi et moi. Sans que lui, il soit là (à mon intention), ni que ça t'autorise bien sûr à t'en servir dans le documentaire. Et évidemment je ne peux pas tout te dire vu que je ne sais pas tout, mais je peux te raconter ce que je sais.

Je les ai laissés seuls. Je suis parti dans la cuisine, j'ai décapsulé une bière avec Lola et nous nous sommes assis, le regard tourné vers les jardins où avait eu lieu la soirée du mariage.

— Ça m'a toujours paru hallucinant qu'avec des jardins et un bois pareils, on ne trouve pas la moindre plante ici, ai-je dit.

— C'est à cause de Pepe. Sa femme en avait plein, mais quand elle est morte, elles se sont laissées partir.

— Comment ça, elles se sont laissées partir ?

— Eh bien, on a arrêté de les arroser. La gamine voulait à tout prix en ravoir. Et comme Pepe n'était pas d'accord, la veille du mariage, elle est sortie avec l'arrosoir et elle s'est mise à inonder celles des voisins. « Pour que le village soit en beauté demain », qu'elle disait. Pauvre petite caboche.

J'ai souri, du moins j'ai essayé.

— Vous ne vous entendez plus, hein, a-t-elle dit.

J'ai parfaitement compris que Lola faisait référence à Martín Novás et Santiago Galvache, et comme je quittais moi aussi Xaxebe l'après-midi même sans savoir quand j'y reviendrais ni si je la reverrais un jour, j'ai ressenti le besoin de lui dire la vérité.

— Si on ne s'entend plus, c'est parce que chacun a l'impression que les autres en savent plus que lui. Maintenant par exemple on sait ce que Santi savait, mais on ne sait toujours pas s'il y a quelque chose de plus ou pas, et ça se passe toujours comme ça, et c'est usant. Et puis de toute façon, ai-je ajouté, je les ai pris en grippe.

Lola épluchait des pommes de terre tout en m'écoutant. Ma grand-mère aussi épluchait des pommes de terre lorsqu'elle essayait d'avoir une discussion sérieuse avec moi et que je l'évitais ; elle s'asseyait dans la cuisine et si elle prenait une pomme de terre et un couteau, je savais qu'on était partis pour « un brin de causette ». Toutes ces vieilles femmes épluchent des pommes de terre pour écouter, pas pour les faire cuire ou frire ; en fait, la pomme de terre, dans leur esprit, c'est votre tête. Il me semble que le monde de la gastronomie doit tout un tas de recettes à tout un tas de grands-mères qui avaient besoin de parler à leurs petits-enfants et qui se sont retrouvées avec des dizaines de pommes de terre épluchées sur les bras sans savoir quoi en faire.

— Pourquoi en grippe, mon garçon ?

Soudain la vérité qui prend à l'estomac.

— Par jalousie. Lola, quand les copains s'éloignent, c'est toujours l'envie qui parle. Rien d'autre. Je les enviais beaucoup et à la première occasion on a coupé les ponts. Sans que ça traumatise personne, j'ai juste arrêté de les voir. Mais je pense toujours à eux, même si lorsque j'en parle c'est avec des mots durs et pleins de dépit.

Un cri joyeux nous a interrompus. Soneira traversait la maison depuis le porche en appelant Lola. J'ai regardé mon portable, elle avait passé plus d'une demi-heure en tête à tête avec Pepe Galvache. Lola nous a accompagnés à l'étage car Soneira disait vouloir réaliser quelques plans à main levée de la chambre de Mai, non pas celle de Santi et Mai, plus spacieuse, mais de celle où Mai s'était recluse après la disparition de Yulia. Soneira a pointé la grandeur de la pièce, qu'elle n'avait pas remarquée jusqu'à présent.

— Ce n'était pas comme ça à l'époque, a dit Lola, mais Mai avait toujours voulu un dressing et Santi lui avait promis qu'elle en aurait un. Elle est morte avant, mais il l'a quand même fait faire. Il l'a fait faire jusqu'au bout et ensuite il l'a laissé vide parce qu'il n'y avait presque pas de vêtements à mettre dedans.

— Serait-il possible de nous laisser seuls pendant qu'on filme ? Tiens, voilà un de ces fameux articles que Mai découpait, ça sera pas mal d'avoir quelques images d'archives – la question de Soneira, abrupte, a surpris Lola, qui a fait une moue sans que l'on sache si celle-ci trahissait un tic ou une contrariété. Il arrivait qu'elle veuille exprimer quelque chose et que les gens pensent que c'était une mimique involontaire.

Berta s'est approchée du tiroir qu'elle avait déjà ouvert quelques jours auparavant avec Lola dans le cadre du tournage. C'était là que Mai avait conservé un certain nombre de chemises réunissant des coupures du journal qu'elle lisait chaque jour, peu importe lequel. Berta regardait au hasard la date d'un article avant d'inspecter le contenu de la pochette ou bien de passer à une autre. Finalement, c'est dans la première, celle qui renfermait les coupures de presse les plus anciennes, qu'elle a trouvé ce qu'elle cherchait. « Je le savais », a-t-elle dit avec un sourire amer. Il s'agissait d'un article de *La Vanguardia* datant de Noël 1991 et concernant l'arrestation d'un certain J. S. M., âgé de trente-trois ans, accusé d'agression à l'arme blanche ayant entraîné des blessures légères. Trois ans de prison pour récidive. Après avoir plié la coupure de presse en minuscules carrés, Berta l'a mise dans la poche arrière de son jean.

— Viens, a-t-elle dit – et nous avons regagné le couloir pour nous faufiler dans la grande chambre parentale d'où l'on voyait la mer au loin et où Mai, Santi et Yulia avaient dormi à l'époque où ils étaient heureux.

— Ne dis rien et ne fais pas de bruit, a-t-elle chuchoté en ouvrant lentement la porte.

Je suis resté là à l'observer. Elle se déplaçait dans la pièce comme un félin à la recherche de quelque chose, et quand elle l'a trouvé, elle a serré ses petits poings, en joie. Elle m'a regardé fixement et j'aurais juré qu'elle avait les yeux embués de larmes. Elle avait repéré sur un mur, après avoir inspecté la chambre, les traits légers que Santiago Galvache avait tracés chaque jour au-dessus de la tête de Yulia lorsque la fillette se réveillait. Un trait venant se coller à un autre, formant au fur et à mesure une marque de plus en plus épaisse, car c'est cela grandir jour après jour et vouloir en garder la trace : une tache de plus en plus grosse.

Soneira scrutait les marques comme s'il s'agissait d'un insecte collé au mur. Allait-il s'envoler si elle s'approchait trop ?

— Tu me passes un crayon ? a-t-elle soudain demandé.

— Un quoi ?

— Un crayon à papier.

— Qu'est-ce que tu comptes en faire ? – Soudain, tout s'est mis à tournoyer autour de moi.

— Tais-toi et ferme la porte.

Je lui ai donné un crayon, j'ai fermé la porte, et elle s'est collée au mur, le dos droit et la plante des pieds bien à plat sur le sol, avant de tracer un petit trait au-dessus de sa tête ; un trait droit, parfait, que soixante-quinze centimètres séparaient de la marque laissée par Yulia Lavinia le 3 juin 1994.

Je n'ai rien dit. Elle non plus, même si elle semblait heureuse. Nous avons quitté Punta Faxilda, le temps était couvert. À tel point qu'au bout de quelques pas nous ne voyions déjà plus cette maison qui avait été la sienne, dans laquelle vivait cette famille qui avait aussi été la sienne, d'une certaine manière, et sur laquelle elle était passée comme un vent frais les décoiffant tous un peu, mais pas tant que ça.

Elle m'a conduit à Pontevedra, d'où elle devait continuer jusqu'à Vigo pour rejoindre la route de Madrid. Elle tenait le volant d'une main et, de l'autre, tapotait sur la portière à travers la vitre baissée. Elle portait un gant sur sa main gauche, à la Michael Jackson.

— Tu peux me dire ce que tu veux, a-t-elle lâché alors que nous quittions le village. Y compris d'aller me faire foutre. Mais je ne le mérite pas.

À cet instant-là, les lèvres scellées par le froid et l'appréhension, tout ce que j'aurais voulu lui dire c'est que c'était moi qui lui avais donné son premier Calippo à la fraise. Qu'au départ ça ne lui plaisait pas parce qu'elle aurait voulu « le vert », celui au citron, mais que j'avais insisté et qu'au bout du compte elle avait bien aimé quand ça avait commencé à fondre, ce moment presque granité du Calippo où la fraise a un goût divin. Et qu'elle avait passé le reste de l'été à en manger, la bouche poisseuse de fraise, jusqu'au jour où elle s'était retrouvée avec son petit bidon tout gonflé et où Mai m'avait passé un savon parce que toutes ces glaces, ça allait la rendre malade.

— Tu es fâché ? a demandé Berta.

— Non, non, ai-je répondu.

J'avais une terrible envie de pleurer, mais je ne pouvais pas, parce que je ne savais pas pourquoi. J'éprouvais de la tristesse, l'impression d'avoir été berné, et de l'amertume, mais surtout je me sentais heureux. C'était le bonheur de savoir, bien supérieur à celui, au demeurant appréciable, de ne pas savoir.

— C'est une histoire courte, une histoire comme tant d'autres, a-t-elle dit.

De Xaxebe à Pontevedra, il y avait une heure de route, et sur cette heure, un seul moment, une seule seconde peut-être, devait compter. Plus on consacre d'heures à cette seconde, a expliqué Berta, plus elle s'éloigne de la réalité et plus elle se rapproche de la vérité.

J. S. M. et sa femme étaient un couple de forains qu'on appelait les Soneira ou Sonados, descendants d'un clan gitan du quartier de la drogue de La Corogne, Penamoa. Ils avaient fini par s'installer à Barcelone, même si l'été venu ils repartaient aux quatre coins de l'Espagne, au gré des fêtes foraines. Malgré tout, c'était un couple moins nomade que les Bernatellada, qui les avait accueillis en Catalogne. Car ces derniers se déplaçaient en toute saison et passaient parfois un bout de temps au même endroit, comme ils devaient le faire à Mar de Fóra, sur la Costa da Morte. Les Bernatellada et les Soneira. Deux couples pratiquement du même âge, mais les Bernatellada avaient eu une fille prénommée Isabel alors qu'ils étaient encore pour ainsi dire adolescents, tandis que les Soneira « étaient de ce point de vue-là moins gitans, si on peut dire ça comme ça », selon Berta. Ils avaient cependant fini par avoir une fille eux aussi, Julia, peu de temps avant que la mère ne décède d'un cancer.

C'est à la même époque que les Bernatellada étaient revenus vivre pour de bon à Barcelone, car Isabel s'était vu transmettre « une araignée au plafond », une maladie mentale par sa grand-mère maternelle, et ses parents s'étaient alarmés en le découvrant. Une fois en Catalogne, grâce à un traitement, son état s'était amélioré ; elle demeurait fantasque, hyperactive, rebelle, mais pas plus que n'importe quelle autre gamine.

— Un Noël, à Barcelone, voici ce qui est arrivé – Berta Soneira m'a balancé la coupure de journal que Mai gardait dans une de ses chemises : J. S. M., José Soneira Martínez, mon père, a poignardé un autre type en se bagarrant avec lui. Ce n'était pas la première fois qu'il se mettait dans les embrouilles et il avait déjà fait un tour en prison pour vol. Bref, l'ambiance fin des années 1980, début des années 1990, tu vois ce que je veux dire.

En réalité, je ne voyais pas. Ma famille et toutes celles que je connaissais étaient normales, mais je savais quand même que dans celles qui ne l'étaient pas on invoquait systématiquement l'excuse de l'époque.

Et c'est ainsi qu'Isabel s'était retrouvée à s'occuper de Julia. Tous les jours et à toute heure. Isabel appelait Julia « Yulia », et elle-même se présentait comme « Mai ». La fillette, en grandissant et en apprenant à connaître petit à petit son histoire, n'avait opté quant à elle ni pour Julia ni pour Yulia, mais pour Berta.

— Quand je me suis mise à lire beaucoup dans les bibliothèques de Barcelone et aussi à écrire, j'ai décidé à dix-huit ans que je ne voulais pas être la fille de mon père, mais celle de l'écrivain Juan Marsé, m'a-t-elle dit en riant, et je me suis donc fait appeler Berta, comme la fille de Marsé. Et voilà.

Berta Soneira avait toujours voulu savoir qui était María Isabel Bernatellada, Mai, sa mère pendant presque trois ans, la première et la seule qu'elle ait jamais connue. Mai s'était enfuie avec elle lorsque le père de la petite fille avait été sur le point d'être libéré de prison. « Elle faisait briller le présent, mais dans le passé et dans l'avenir elle restait ce qu'elle était : une pauvre petite folle de seize ans au crâne à moitié rasé se mariant dans le costume d'un serveur. Et malgré ça elle n'arrivait pas à accepter l'idée de laisser une enfance, la mienne, entre les mains de cet homme », m'a-t-elle dit. À Barcelone, Mai était soignée, on la surveillait comme le lait sur le feu, elle ne commettait pas d'imprudences. Mais en s'enfuyant avec la petite elle avait aussi voulu se fuir elle-même, fuir ses médecins et ses médicaments. Elle avait fait primer sa vie imaginaire sur la vie réelle, construisant un présent dans lequel elle était Mai Lavinia, un nom emprunté à celui de la sœur d'Emily Dickinson, la seule poétesse qu'elle connaisse, et vu que la petite et elle n'avaient ni passé ni avenir auxquels se raccrocher, elle avait commencé à dire qu'elle voyait tout avec trente minutes de décalage : ça lui permettait de censurer le présent, ou du moins de l'adapter à sa réalité ; elle serait une artiste, elle tomberait amoureuse, elle ne vieillirait jamais.

À sa sortie de prison, José Soneira avait retourné la ville pour tenter de retrouver sa fille et avait fini par menacer les Bernatellada : leur ayant confié le bébé dans un geste de confiance absolue, il voulait à présent le récupérer. À ce stade, le père de Mai s'était déjà lancé à sa recherche, de peur que Soneira ne la débusque en premier. Il n'avait pas eu de chance : l'autre avait retrouvé sa trace à Madrid grâce au mouchardage d'un ami commun aux deux familles. Ce jour-là, Mai avait laissé Yulia seule à la maison pour aller faire quelques courses ; José Soneira connaissait bien le quartier. Il l'avait coincée, l'avait frappée, l'avait sommée de lui rendre sa fille et Mai, bien que parvenant à s'échapper de la voiture dans laquelle il l'avait jetée, avait fini avec des plombs de fusil de fête foraine dans le dos. Berta Soneira ne cherchait pas à l'excuser :

— Pour moi, c'était un fils de pute de la pire espèce, au sens où c'était un fils de pute avec tout le monde, il était dur et violent, et la prison n'avait fait qu'empirer les choses, mais j'étais tout ce qu'il avait, je représentais sa dernière possibilité d'aimer et bon, il s'est bien occupé de moi.

Le problème lorsqu'on grandit avec un père pareil, c'est le nombre d'obstacles que l'on n'identifie pas comme tels jusqu'à ce qu'on bute dessus.

Même si Mai avait fui Barcelone, son père l'avait facilement retrouvée à Xaxebe. Contrairement à José Soneira, qui n'était jamais allé à Mar de Fóra.

— Ils avaient passé de bons moments là-bas quand elle était plus jeune. Et c'est ce que Mai était revenue y chercher, et son père est revenu y chercher Mai. Quand tout ça est arrivé, il tentait déjà de la convaincre depuis un an. Toujours par la méthode douce et toujours en se montrant affectueux, parce que Mai était comme elle était. Mais dès lors que mon père serait sorti de prison, il ne devait plus y avoir de méthode douce ou affectueuse qui tienne. Comme on a pu le voir.

Je suis resté silencieux, et elle s'est tue à son tour. Elle savait que je finirais par parler. Elle le savait parce qu'elle savait aussi que c'était moi qui allais écrire cette histoire, avec d'autres noms et dans un lieu inventé, tandis qu'elle, elle ne ferait pas sortir son documentaire. En fait, elle n'avait jamais envisagé sa diffusion. C'est pour cette raison que quelque temps plus tard j'ai été le seul qu'elle autorise à le voir.

— C'est Francisco Girón qui a mis Pepe Galvache en contact avec Ricardo Bernatellada, à la demande de ce dernier. Et Ricardo Bernatellada a mis Galvache au parfum. Ils se sont entendus sur le fait que la petite repartirait pendant la lune de miel, mais pour cela il fallait d'abord convaincre Mai de ne pas l'emmener. Ça, ç'a été facile parce que, étant mineure et voyageant avec une fillette, il lui aurait fallu répondre à tout un tas de questions à l'aéroport. Le problème, c'est qu'alors même que les aînés étaient déjà parvenus à cet accord, Mai a appelé son père le soir précédant le mariage. Et Bernatellada a vu ça comme la dernière occasion qui se présentait d'emmener la petite, c'est-à-dire moi, sans avoir à le faire dans le dos de Mai. Il a tenté le coup encore une fois, c'est humain. Le truc, c'est que Galvache les a vus ensemble, a appelé Girón et lui a dit que si l'autre continuait à rôder autour de chez lui en essayant de changer leurs plans, la petite ne partirait pas. Pas comme ça, en tout cas. Mai avait tout pour elle, sauf la chance.

— Et donc la petite a été emmenée la nuit même, si j'ai bien compris.

— Je ne sais pas comment ça s'est fait, on ne l'a jamais su et de toute façon les gens se sont vite désintéressés de tout ça. Enfin, si quelqu'un est au courant, il s'est bien gardé d'en parler, mais Pepe Galvache pense qu'il se pourrait que ce soit Mai elle-même qui ait ouvert la porte de la maison depuis l'intérieur à celui qui a fait le coup. Moi, je n'y crois pas, mais bon ça devait arriver tôt ou tard. Tu as déjà joué seul à la roulette russe ? Si tu le fais, n'appuie pas trop lentement sur la détente et ne traîne pas entre deux tirs. Il faut y aller à toute blinde.

Nous nous sommes garés à Pontevedra pour nous dire au revoir. Elle a sorti la coupure de journal qu'elle avait fourrée dans son pantalon – « Voyons voir ce que tu en penses, moi en tout cas je trouve ça mignon » – et qui évoquait, imaginais-je, ce qui était arrivé à son père à la Noël 1991. Mais non, elle en avait en fait pris deux dans la chemise de Mai et celle-ci était une interview que Luis Ruiz de Gopegui, un ancien de la NASA, avait accordée à *El País*. Le titre disait : « Mars est une planète malchanceuse ». Dans l'entretien, le scientifique expliquait : « Une inconnue fondamentale concernant l'origine de la vie est que l'on ignore encore s'il s'agit d'un phénomène relativement commun, c'est-à-dire si, lorsqu'il y a des composantes chimiques, leur complexité augmente automatiquement et la vie apparaît, comme certains le disent, ou si ce n'est que dans des cas exceptionnels qu'une activité biologique peut se manifester, comme d'autres l'affirment. La découverte d'indices de protovie sur Mars pourrait contribuer à nous éclairer sur le sujet, car si sur Mars comme sur Terre la vie était apparue très tôt, alors cela nous ferait pencher pour l'hypothèse d'un phénomène difficile, mais relativement probable. »

J'ai souri en imaginant Mai découpant l'article, aux anges.

— Notre petite Miss Mars, ai-je dit.

J'ai alors jeté un œil sur la date : 11 août 1996. Et j'ai regardé Soneira, puis à nouveau la date.

— Rassure-toi, la mer ce n'est pas une boîte de nuit, on y entre et on n'en ressort pas comme ça. C'est sans doute

Lola, ou Pepe, ou même Santi, qui venait encore à Xaxebe à cette époque, a-t-elle dit.

Mais moi, ça m'aurait moins surpris que ce soit Mai, morte ou vivante, plutôt que l'un de ces trois-là.

Quand je lui ai dit au revoir en lui faisant deux bises, toujours au coin de la bouche, toujours à deux doigts de quelque chose, comme Mai Lavinia, une pensée m'a traversé l'esprit, une illumination que j'ai failli laisser filer.

— Les grains de beauté..., ai-je dit.

— Mon triangle de grains de beauté ? Comment tu l'as vu ? Peut-être que c'est elle qui me les a refilés, c'est des années vraiment intenses qu'on a vécues toutes les deux.

Je me suis dit, en revenant dans mon bon vieil appartement, qu'on cesse d'être jeune le jour où les choses qu'on ne sait pas l'emportent sur celles qu'on sait, et que le bonheur, ou la possibilité de continuer à vivre, n'est parfois rien d'autre qu'un pacte tacite sur l'utilité du mensonge, mensonge au sens où la vérité n'intéresserait personne parce qu'elle ne nous apporterait rien de bon. Et pourtant... Mai aimait parler de « pieuses vérités », de ces choses qui ne devraient pas être dites mais qui le sont pour apporter du réconfort à quelqu'un. Ce n'est qu'avec moi que Berta Soneira s'est autorisée à y avoir recours, sans doute pour apaiser mon amertume. L'impact sur ma vie devait se limiter à une partie de mon passé qui ne reviendrait plus, alors que cette même vérité révélée à Santiago Galvache aurait achevé de démolir son existence. Il ne nous a pas confié pendant son interview (peut-être faute de preuves concluantes) qu'il avait eu des nouvelles de Yulia et qu'il savait donc qu'elle était toujours en vie ; elle lui avait écrit pour le lui dire sans dévoiler son identité, telle une donatrice anonyme.

J'ai souvent rêvé de Mai entrant dans la mer, et au réveil je pensais alors non pas à ce que faisaient les gens tandis qu'ils mouraient, mais à ce que nous, les autres, faisions tandis que nous l'ignorions encore. Au bout de plusieurs semaines, après avoir fouillé mon appartement de fond en comble, j'ai envoyé à Berta Soneira le morceau de robe de Mai que j'avais trouvé à la suite d'un naufrage à Mar de Fóra. À ce moment-là, il n'y avait plus d'articles, plus d'affaire, plus de disparition ni de mort ; juste un ciel creux, des étoiles placées là pour nous qui cessaient de briller quand la chanson était finie, qui cessent de briller chaque fois que la chanson prend fin.

Composition : Soft Office
Achevé d'imprimer sur Roto-Page
par l'Imprimerie Floch
à Mayenne, en avril 2024.
Dépôt légal : avril 2024.
Numéro d'imprimeur : 104736.

ISBN 978-2-07-297619-3 / Imprimé en France.

432635